.... am

2

dritten

3

Tage ...

Bibliografische Information der Deutschen Nationalbibliothek: Die Deutsche Nationalbibliothek verzeichnet diese Publikation in der Deutschen Nationalbibliografie; detaillierte bibliografische Daten sind im Internet über: dnb.d-nb.de abrufbar.

TWENTYSIX – der Self-Publishing-Verlag
Eine Kooperation zwischen der Verlagsgruppe Random House und BoD – Books on Demand

Herstellung und Verlag:
BoD – Books on Demand, Norderstedt

© 1996 Dieter Mindt

ISBN: 978-3-7407-5006-0

INHALT:

KAPITEL 1	„HAPPY BIRTHDAY"	11
KAPITEL 2	„HVIDE SANDE"	16
KAPITEL 3	„SKYE AIR"	18
KAPITEL 4	„WORKOUT"	21
KAPITEL 5	„BRAINSTORM"	26
KAPITEL 6	„BISLEY"	29
KAPITEL 7	„DER PFEIL"	34
KAPITEL 8	„DER HACKER UND DIE HURE"	37
KAPITEL 9	„GARKOLAND"	41
KAPITEL 10	„INTERNET"	48
KAPITEL 11	„JEDY"	51

KAPITEL 12	„DAS PROFIL"	53
KAPITEL 13	„DIE FALLE"	55
KAPITEL 14	„DER FIREWALL"	66
KAPITEL 15	„ DIE GEWISSHEIT"	69
KAPITEL 16	„DER KAMPF BEGINNT"	71
KAPITEL 17	„DER FEIERTAG"	73
KAPITEL 18	„DAS WERKZEUG DES SCHRECKENS"	75
KAPITEL 19	„V" WIE VISIER	80
KAPITEL 20	„ZWEI MENSCHEN"	83
KAPITEL 21	„DIE HOCHZEITSREISE"	87
KAPITEL 22	„MACH IV"	92
KAPITEL 23	„ERLKÖNIG"	96
KAPITEL 24	„ NIGHT IM CLUB"	98

KAPITEL 25	„DER KERN"	102
KAPITEL 26	„DIE NACHT DES JÄGERS"	105
KAPITEL 27	„ RUHLAND"	107
KAPITEL 28	„SABRINA`S HILFE"	111
KAPITEL 29	„EHLERS"	113
KAPITEL 30	„EIN SOMMERNACHTS-TRAUM"	116
KAPITEL 31	„RIVALEN"	118
KAPITEL 32	„DIE HATZ"	119
KAPITEL 33	„HOFFMANN"	121
KAPITEL 34	„GOTCHA"	127
KAPITEL 35	„HIT MAN"	129
KAPITEL 36	„FIREWALL"	134

KAPITEL 37	„ENTLARVT`"	138
KAPITEL 38	„SIEG MAL ZWEI"	141
KAPITEL 39	„ALL IN ONE"	143
KAPITEL 40	„PETER, LIEBE, LEBEN"	146
KAPITEL 41	„FEUER UND WASSER"	150
KAPITEL 42	„THE KILLING GOES ON"	156
KAPITEL 43	„BACKSTAGE"	158
KAPITEL 44	„DIE ALLIANZ"	160
KAPITEL 45	„WEEKEND"	164
KAPITEL 46	„DER ´GLÄSERNE` UND HORN"	167
KAPITEL 47	„DER DEAL"	172
KAPITEL 48	„ANRUF GENÜGT"	174
KAPITEL 49	„DIE VISITE"	175

KAPITEL 50	„LEGION"	181
KAPITEL 51	„EHLERS AND FRIENDS"	183
KAPITEL 52	„DIE STIMME DER WAHRHEIT"	188
KAPITEL 53	„MICHAEL"	190
KAPITEL 54	„GEFÄHRLICHE SPIELE"	191
KAPITEL 55	„DIE VIER"	198
KAPITEL 56	„FREUNDE FÜRS LEBEN"	201
KAPITEL 57	„WO IST HORN?"	205
KAPITEL 58	„ SCHEIN UND SEIN"	208
KAPITEL 59	„DIE MORAL UND DER SEE"	211
KAPITEL 60	„LIEBE UND DIE GERECHTIGKEIT"	225

11

Kapitel 1 „**Happy Birthday**"

Dr. Enrico Alvarez hatte es wieder einmal geschafft. Die Woche mit all den Terminen, Operationen, Diensten war endlich vorüber und dieses arbeitsfreie Wochenende stand ihm und seiner Familie, den Kollegen und Freunden zu.

Anfang 40, von schlanker Erscheinung, das von der Hochlandsonne gebräunte Gesicht schmal und asketisch geschnitten, erinnerte er an die Geschichten aus der Kolonialzeit, wie er in seinem weißen, leichten Seidenanzug auf der Veranda seiner Villa stehend und den Blick über die Randbezirke von Bogota schweifen ließ.

Im Hintergrund gab Carmen den Bediensteten letzte Anweisungen für die Dekoration der im Garten unterhalb bereiteten Tafel.

Das Nachmittagsklima war angenehm, genauso, wie es sein sollte, wenn man den 6. Geburtstag seiner Tochter feiert. Die Sonne schien durch den leicht verschleierten grau angehauchten Himmel und dieser 15. Februar versprach ein schöner Tag zu werden.

Lucia war bereits ganz aufgeregt und konnte es kaum erwarten, dass endlich die Feier beginnt, in deren Mittelpunkt sie stehen würde. In ihrem blauen Frühlingskleidchen sah sie aber auch entzückend aus. Schon beinahe Dame der Gesellschaft mit den langen, tiefschwarzen Haaren, die bis leicht unter die Schultern reichten und die von einem blauen Reif am Kopf zusammengehalten wurden.

Der Champagner wurde soeben aufgetragen als in der Auffahrt zur Villa ein lautes Hupen zu hören war.

12

Paulo, ein Kollege und langjähriger Freund der Familie hatte wieder einmal seinen gewohnten Auftritt.
Im unteren Teil der Auffahrt flog der weiße Schotterbelag nur so um das im Heck rechts und links ausbrechende Fahrzeug, oben auf dem Asphalt vor dem Entree kündeten sodann Sekunden später laut quietschende Reifen von der Ankunft des Freundes. Wie üblich schmückte eine gut proportionierte Vertreterin der Weiblichkeit den Beifahrersitz des weißen Edelkabrios.
Enrico begrüßte den Freund nachdem er, charmant, wie stets zu Frauen, dessen Begleiterin Evita mit einem Kompliment ob ihrer beeindruckenden Grazie gewürdigt hatte.
Sie gingen alle drei ins Haus und Enrico lies im Salon einen Drink servieren, um den beiden die Zeit bis zum Eintreffen der anderen Gäste zu verkürzen.
Carmen hatte sich , nachdem auch von ihr die Gäste begrüßt worden waren, noch einmal zurückgezogen, um sich für den erwarteten Ansturm ein letztes Mal frisch zu machen. Sie trug ein roséfarbenes Festkleid mit Seidenschleifchen und dezentem Décolleté, das den Betrachter ahnen ließ, welch makelloser Schönheit sich Enrico zu gewissen Stunden erfreuen konnte. Ihre dunklen Augen in dem jugendlichen Gesicht, das durch die kurzgeschnittenen, schwarzen Haare eher noch jünger wirkte, harmonierten wundervoll mit dem goldenen Perlenohrschmuck, den ihr Enrico zur Hochzeit vor 7 Jahren geschenkt hatte.
Mit 24 hatte sie ihn kennengelernt und, Tochter eines einflussreichen Bankiers, sich für die Aufgabe des Medizinstudiums entschieden, um an der Seite dieses überaus erfolgreichen Arztes, der weit über die Grenzen Kolumbiens bekannt ist, ihr Leben als Gattin und Mutter einzurichten. Dies war übrigens zur vollen Zufriedenheit ihres

13

Vaters geschehen, was er durch großzügige Unterstützung beim Aufbau von Enrico`s eigener Klinik zur Behandlung von Augenleiden unterstrich.
Die Klinik, oftmals einzige Hoffnung auf rasche Hilfe für Patienten aus aller Welt, die sich eine Behandlung dort leisten konnten, entwickelte sich über die Jahre prächtig und so war es nicht verwunderlich, dass sich diese Familie mit all den Accessoires des Erfolges umgeben konnte.
Hausangestellte, ein herrliches Anwesen an einer Carrera im Norden der Stadt, mehrere Nobelautos ausländischer Herkunft, eine Jacht an der Karibikküste bei Cartagena sowie ein zweimotoriges Privatflugzeug waren Früchte der Arbeit. Die Ehe machte auf Außenstehende einen glücklichen Eindruck und Lucia galt Enricos besondere Aufmerksamkeit und Fürsorge.
Langsam füllte sich der Salon mit mehr und mehr ankommenden Freunden und Bekannten der Familie, auch Kinderstimmen nahmen im Haus und im Garten zu.
Die Wachen am Einfahrtsportal kannten die meisten Gäste und keiner, der um den Namen Befragten gab sich ungehalten. Sicherheit war schließlich in einer Stadt auf deren Südseite bitterste Armut herrschte ein Gebot der Vorsicht.
Gegen 15 Uhr war nunmehr das Gros der geladenen Gäste versammelt und Enrico ließ in den Garten bitten. Bedienstete reichten Champagnergläser. Das Zentrum, der herrlich geschmückten Tafel, um die sich die Anwesenden nunmehr scharten dominierte eine gewaltige Torte auf deren 6. Stufe 6 kleine Kerzchen brannten. Neben diesem Tisch, rechts ,etwas abseits, befand sich ein kleinerer, vollgepackt mit bunten Kartons aller Formen und

14

Größen, mit Bändern und Schleifchen verheißungsvoll drapiert.
Mit dem hellen Ton, den Champagnergläser für gewöhnlich von sich geben, wenn man mit einem metallenen Gegenstand an ihnen anstößt, sammelte Enrico die Aufmerksamkeit der Anwesenden Gäste. Carmen zu seiner linken und Lucia links daneben ,sprach er ein paar Worte des Dankes und der Hoffnung auf eine schöne weitere Kindheit und attraktive Zukunft für seine Tochter.
Nach dem Aussprechen des Toast bat er die im Halbkreis stehenden Gäste, sich um die Torte zu versammeln. Er nahm Lucia hoch und hielt sie mit leicht gebeugten Armen nach vorne, so dass ihr Atem ausreichen würde, die Kerzen auszublasen. "Du darfst Dir etwas wünschen, wenn Du sie ausbläst, den Wunsch aber darfst Du niemandem erzählen." zwinkerte er ihr flüsternd zu. Lucia holte tief Atem, schloss die Augen und blies gegen die Kerzen als sie und die anderen ein kurzes, peitschendes gefolgt von einem dumpf klopfenden Geräusch hörten.
Enrico hörte beides nicht mehr. Sein linkes Auge existierte nicht mehr. Es hatte sich explosionsartig aufgelöst als dieses winzige, 5.8 Gramm schwere legierte Stück Metall mit nahezu Mach[1] 1.6 darauf aufschlug. Die verbleibende Energie von annähernd 67 mkp reichte dem VLD[2]- Berger-Projektil Kal. 6mm schließlich noch, um sich durch die Knochen des Schädels zu bohren, wobei es zuvor die reichlich vorhandene Zellflüssigkeit im Gehirn Enrico`s detonationsartig verdrängte und seine leta-

---

[1] MACH: Begriff aus der Luftfahrt, der die Schallgeschwindigkeit wiedergibt; Mach 1.8=1.8 fache Schallgeschwindigkeit (~ 480 m/sec)
[2] VLD: Very Low Drag: geringster Luftwiderstand

15

le Wirkung dadurch steigerte, dass dessen Hinterhaupt handtellergroß beim Austritt des Geschosses weggesprengt wurde. Auf die rückwärtig Anwesenden regnete ein wahrer Brei aus Knochen, Blut und Gehirnmasse nieder und Lucia stürzte, dem Vater, aus den toten Armen entglitten, auf die Torte.
Die ersten entsetzten Schreie von Carmen mischten sich mit denen der schockierten Anwesenden und voller Panik warf sich die Mehrzahl der Menschen auf den Boden oder sie krochen dem Gebäude zu, um etwaigen weiteren Angriffen zu entgehen.

16

Kapitel 2   „**Hvide Sande**"

Der eiskalte Nordwind wehte an diesem 23 Februar über die Dünen bei HVIDE SANDE, einem kleinen Touristendorf im westlichen Küstenbereich von Dänemark. Durch die rasch ziehenden Wolken flackerte nur müde das spärliche Licht der Mondsichel.
Aus einzelnen, eng zusammengekauert liegenden Reetdachhäusern drang noch der Schein der gemütlich züngelnden Kaminfeuer durch die nicht verhangenen Fenster. Die Mehrzahl der Häuser war im Januar allerdings unbewohnt.
Vor dem Haus Nr. 17, im Zentrum der Ringstraße gelegen, standen wie jeden 2ten oder 3ten Sonnabend im Monat , die schweren Limousinen mit ausländischen Kennzeichen, der am Vortag angereisten Bewohner, wie auch die kleineren Fahrzeuge der Familien, die erst am heutigen Samstag eingetroffen waren.
Gegen 0045 öffnete sich die schwere Haustüre und entließ die ersten Gäste. Ein paar Worte wurden gewechselt und der gut gekleidete, groß, aber dennoch etwas zu kräftig gebaute Mitvierziger, dessen grau meliertes Haar das etwas aufgeschwemmte, bronzefarben getönte Gesicht verzierte, verschwand wieder im reichlich hellen Flur des gemütlich kauernden Ferienhauses.
In der folgenden 1/2 Stunde wiederholte sich dieser Vorgang noch einige Male. Das große Haus leerte sich allmählich und auch der Parkplatz vor dem Gebäude vereinsamte zusehends. Ein Auto nach dem anderen folgte den selbst erzeugten Lichtkegeln in die Nacht bis die Dunkelheit sie verschluckte. Die wenigen Nachbarn bemerkten von diesem Aufbruch fast nichts, die Kinder der

17

Besucher waren offensichtlich wohl erzogen und bereits so müde, dass sie ihren Eltern still zu deren Fahrzeugen folgten und in deren Autos artig Platz nahmen, so dass diese nach dem Einsteigen und Anlassen des Motors ohne weitere Verzögerung in die Nacht aufbrachen.
Die Tür öffnete sich erneut und der Hausherr geleitete nunmehr wohl einen seiner letzten Gäste zu dessen Corvette, die als einzige noch dem Jaguar Gesellschaft leistete. Monoton donnerte die Brandung an die Küste.
Der Hausherr stand noch da, als das Fahrzeug sich in Bewegung setzte und führte seine Zigarette an die Lippen, als er sich mit einem Stöhnen an den Unterleib griff und ihm gleichzeitig die Beine den Dienst versagten. Er stürzte vornüber.
Das Produkt aus 2-facher Schallgeschwindigkeit und einer metallenen Legierung von 19.5 Gramm hatte beste Arbeit geleistet. Im Bruchteil einer Sekunde durchtrennte das MEN-SF-Geschoß im Kaliber .338 LAPUA MAGNUM die Cashmere Hose ihres Trägers und das darunter liegende Seidenhemd, um dann auf Höhe des Steißes in den Körper einzudringen. Gewebe wurde zur Seite gesprengt, Knochen zertrümmert, leicht taumelnd der Dickdarm zerfetzt und das Schambein durchschlagen und eine Bierdeckel große , blutige Austrittskaverne hinterlassend reichte die Restgeschwindigkeit noch um in der Nacht den Weg in die Unauffindbarkeit fortzusetzen.
Der andere Mann in seinem Fahrzeug stoppte die gerade begonnene Fahrt, stieg hastig aus, und wollte sich um die am Boden liegende Gestalt kümmern.
Als er jedoch die Pfütze Blut sah, die bereits unter dem leblosen Körper hervorkroch, rannte er wie von Sinnen zu seinem Wagen und raste davon.

18

Kapitel 3 „Skye Air"

Markus Parey war kurzzeitig in Gedanken versunken gewesen und schreckte unmerklich zusammen. der Captain hatte soeben die Sinkflug-Checkliste geordert und Flug SK 207 näherte sich dem Ende. Vor 09 Stunden und 53 Minuten waren Sie mit der MD 11 der SKYE-AIR in Miami gestartet und in 25 Minuten würden sie in Frankfurt landen. Die 268 Passagiere erhielten soeben die üblichen Informationen zur Vorbereitung der Landung von der Cabin-Crew. Frankfurt hatte an diesem 21. Februar um 0820 GMT[1] sehr schlechtes Wetter gemeldet. Die Sichtweiten am Flughafen um 350 Meter, die Nebeluntergrenze bei ca. 15 Metern. Das Anflug-Briefing[2] Category III wurde absolviert und somit würde der Computer die 130 Tonnen fliegende Masse auf Runway 25[3] im Auto-Land-Verfahren landen.

Markus , 34 Jahre alt, von schlanker Gestalt, mit glattem, kurz geschnittenen schwarzen Haar zu einem markanten Gesicht, zu dem die Adlernase so recht nicht passen wollte, verstand sich gut mit Herbert Ehlers, seinem Captain.

Skye-Air war eine mittelgroße europäische Fluggesellschaft und so flogen die Crews eines Flugzeugmusters häufiger miteinander. Herbert war nicht gerade erfreut über die notwendige, automatische Landung im Anschluss an einen solch langen, stereotypen Arbeitstag,

---

[1] GMT: Greenwich Mean Time Navigatorische Sonnenzeit, Winter Europa, MEZ -1Std.
[2] Durchsprache des Anflugverfahrens
[3] Landebahn Richtung 250 Grad, was ungefähr Richtung West entspricht.

19

der fast ausschließlich mit Überwachungstätigkeiten angefüllt gewesen war und dessen einziges fliegerische Highlight normalerweise in Anflug und manueller Landung bestand.
Sein Alter von 47 Jahren und annähernd 16.000 Stunden Flugerfahrung ließen ihn letztlich jedoch über diesen Dingen stehen. Dennoch hörte er sich mit sonorem Bass, der eigentlich eine viel größere Erscheinung erwarten gelassen hätte, sagen: „Du hast Glück gehabt, als Du den Flug nach Miami als Pilot am Steuer gezogen hattest. Jedes mal, wenn wir in letzter Zeit miteinander unterwegs waren, musste ich das automatische Landeverfahren nutzen!" Dabei lächelte er unter seinem Moustache hervor und seine, mit kleinen Lachfalten verzierten Augen, halfen dabei seine Worte richtig zu verstehen.
Er war mit Leib und Seele Pilot und manchmal sehnte er sich an den alten Arbeitsplatz aus seiner fliegerischen Jugendzeit zurück, als man auf den kleineren Maschinen noch wirklich selbst fliegen konnte und musste. Markus antwortete ihm verschmitzt lächelnd:" Dafür darfst Du nachher ja mit deinem Auto nach Hause fahren und dies auch noch selbst steuern!"
Der Tower gab die SK207 zur Landung frei, 1,5 Minuten später schwebte der Computer das Flugzeug aus, die Schubhebel wanderten wie von Geisterhand zurück und das Fahrwerk setzte auf - Umkehrschub und schließlich das Abrollen wieder von Menschenhand kontrolliert.
In der Kabine verebbte der Applaus, der häufig bei Charterflügen die Spannung der Passagiere löst.
"Wenn die wüssten, dass sie gerade dem Computer huldigen", sagte Herbert und konzentrierte sich auf die Lichter der Rollwegbefeuerung.

20

60 Minuten später war auch der Check-Out vorüber und die Crew trennte sich bei den Personalparkplätzen in der Nähe des Terminals:
"Also Tschüß dann Herb, bis zum nächsten Mal" rief Markus noch, im Vorbeifahren winkend aus seinem roten Mazda und verschwand im Nebel auf der Parkfläche.

Kapitel 4 „**Workout**"

Das blass-fahle Licht des Monitors erhellte als einzige Lichtquelle den Raum nur spärlich und warf nur ahnungsweise die Silhouette eines Oberkörpers als Schatten an die bleiche Wand im Hintergrund.
Die Mischung aus dem Geruch alter Zigarettenasche und frisch gebrühten Kaffees, sowie das rasche, monotone und dennoch betonte Klicken einer Computertastatur waren Indizien dafür, dass hier jemand mit Arbeit die Nacht zum Tage machte, schließlich war es 3 Uhr 30.
Für Ralf Rooge war es allerdings eine Nacht wie so viele. 38 Jahre alt, ein für das Alter etwas zu früh ergrauten Vollbart im zerfurchten Gesicht mit den tiefen, eingefallenen Augen, saß er in seinem Rollstuhl, der klaglos die übergroße Körperfülle seines Benutzers trug und arbeitete an seinem "kleinen Monster", wie er seinen Computer scherzhaft zu nennen pflegte.
Nach seinem Motorradunfall vor 7 Jahren und der Zeit im Krankenhaus, in der er sich damit abfinden musste, nur noch seinen Oberkörper bewegen zu können, hatte er sich nun völlig seinem einstigen Hobby zugewandt, dem Hacken.[6] Seinen ehemaligen Beruf als Kernkrafttechniker hatte er aufgeben gemusst und die kleine Rente, er war damals unschuldig angefahren worden, sowie zeitweilige Einkünfte aus gelegentlichen Auftragsarbeiten am Computer ermöglichten ihm ein bescheidenes Auskommen.
Nur mit dem Schlafen wollte es seit jenem Unfall nicht mehr so recht klappen und so blieb ihm nur die Entscheidung im Bett liegend die Nacht durch zu grübeln oder

22

die sich selbst auferlegten Aufgaben an seinem "kleinen Monster" zu erledigen. Die Entscheidung für die Maschine fiel Ralf stets leicht. Hier konnte er die einzige rasche Arbeit erledigen, zu der ihn sein quirliger Geist stets von neuem anspornte.
Ein Zug an der Zigarette, ein Schluck mittlerweile nurmehr lauwarmen Kaffees und wieder Konzentration auf die Augen, die während der ganzen Zeit den Blick nicht vom Bildschirm gelöst hatten.
Angst hatte er schon seit Jahren nicht mehr, dazu war er mittlerweile zu gut geworden und so ignorierte er die Warnung auf dem Monitor: POL-NET[1] ,
AUTHORIZED ACCESS ONLY, ENTER PASSWORD
*******[2]
und tippte seelenruhig die geforderte Tastenkombination ein. Dieses Netzwerk hatte er bereits vor Monaten geknackt und was er dort zu lesen bekam war spannender als jeder Krimi.
Ja, er war im Pol Net, jener internationalen Börse von Kapital- Verbrechen, die stets auf der Suche nach Anhaltspunkten für die Aufklärung als Bit-Ströme[3] von Land zu Land und von Behörde zu Behörde wechselten, um letztlich als gelöst oder unlösbar abgelegt zu werden.

Ralf suchte wie üblich nach Morden, in der Amtssprache Tötungsdelikten, bei denen Vorsatz und außergewöhnliche Waffen und Methoden eine Rolle spielten.

---

[1] Internationales Netz zum Austausch sensibler Fahndungsdaten
[2] Nur autorisierter Zugriff, bitte Paßwort eingeben
[3] Bit: Kleinste Binäre Informationseinheit und Grundlage der Datenübertragung

23

Als Waffen-Sammler und -Kenner reizten ihn u.a. Taten, die offensichtlich von Spezialisten mit hoher ballistischer[4] Präzision ausgeführt worden waren oder die in ihrer Einzigartigkeit auf extrem kriminelle Kreativität schließen ließen und damit die Tatmotive zu einem herausfordernden Rätsel machten.
Vor wenigen Tagen nun war er auf einen interessanten Fall gestoßen. In einer Villa in der Nähe von München war der selbsternannte oberste Prediger oder Guru der "Kirche der neuen spirituellen Vereinigung" ermordet worden.
Gleichzeitig fand auch dessen Lebensgefährtin den Tod. Was diesen Fall so interessant machte waren die folgenden Umstände:
Rolf Dressler, alias Ranhid Elhia und seine Gefährtin Lin Jüan hatten in ihrer Villa einen Swimmingpool über dem eine Schaukel angebracht war.
Am Abend des 14. Juli benutzten sie diese im Anschluss an eine "Messe der Erleuchtung" mit den Anhängern ihrer Lehre, wie schon so oft, zu erotischen Spielen. Sie waren alleine. Drinks, Kokain und unbändiges Verlangen taten ein übriges. Seufzend und stöhnend genossen beide das Auf und Ab der Schaukel. Rolf saß auf der Schaukel und auf ihm entgegengesetzt saß Lin. Sie spürte ihn tief in sich eindringen und glaubte manchmal die Besinnung verlieren zu müssen, wenn sie sich im Rhythmus der Schwingung nach hinten legte, die Finger beider Hände fest die Seile der Schaukel umgreifend, um Sekunden später wieder mit voreilendem Oberkörper Ihre

---

[4]Ballistik ist die Leere vom Schuß in der Waffe, bzw. nach dem verlassen des Laufes

24

Brustwarzen an der behaarten Brust ihres Partners zu reiben.
Und wieder warf sie sich nach vorne, allerdings geschah im Bruchteil einer Millisekunde etwas unerwartetes, zu kurz die Zeit, als hätte sie noch verstehen gekonnt, was wirklich passiert war.
Die Scheibe der dem Pool vorgelagerten Terrasse barst und gab dem Projektil den Weg frei, das gleichzeitig durch beide, gerade eng umschlungenen, schweißnassen Leiber auf Höhe des Brustbeins führte.
Kein Schrei war zu hören, nur das Klatschen des Wassers als die beiden Körper darauf aufschlugen, um dann wenige Sekunden danach, eine rote Fahne hinter sich herziehend an den Grund des Beckens zu sinken.
Das wäre eigentlich noch nichts Besonderes gewesen und hätte auch bedeuten gekonnt, dass Lin zufällig in Kauf genommenes Opfer bei einem Anschlag auf Rolf Dressel sein gekonnt hätte.
Zwei Dinge gaben allerdings zu denken: Von der Lage der Fenster zum Pool wäre es für den Schützen einfacher gewesen auf kürzere Distanz seitlich nur auf Rolf zu schießen, hätte der Schütze dies gewollt. Zum anderen hatte die Polizei das Projektil sichergestellt, nachdem es noch die dünne Wand aus Stein zur Sauna und dort beide Wände durchdrungen hatte, um im Gips der Wand zum Wohnbereich stecken zu bleiben.
Hier wurde die Sache nun interessant. Ein Geschoss Kal. .50 Browning[5] wurde sichergestellt. Ein äußerst seltenes Kaliber und derart leistungsfähig, dass die Position des Schützen und die Kaliberwahl eindeutig darauf hin-

---

[5]Die Kal.-Angabe wird in mm oder Bruchteilen von Zoll angegeben..50 entspricht 0,5 Zoll, ca 12mm

25

wiesen, dass tatsächlich beide Personen gleichzeitig getroffen werden sollten.
Diese Munition war in der Hand des geübten Schützen die beste Wahl für Durchschlagskraft und Distanz, sieht man von der relativen Größe der notwendigen Waffe ab. Schüsse bis 1000M waren damit möglich. Übereinstimmend hatten denn auch bei Nachbarn nur von einem weit entfernten dumpfen Knall berichtet, nichts besonderes an einem schwülen Juliabend, der sich mit Gewittern dem Ende zuzuneigen schien.

Kapitel 5   „**Brainstorm**"

Ralf machte wie üblich seine Notizen und schloss die Verbindung zum POL NET.
Kurze Zeit darauf loggte[1] er sich ins INTERNET[2] ein, um eine neue Runde in dem von ihm entwickelten Spiel "Brainstorm"[3] vorzubereiten.
Brainstorm war Ralfs Geheimnis.
Jeder Internet-"Surfer"[4] konnte mitspielen und mit all seiner Kreativität bei der Lösung der Aufgabenstellungen Punkte sammeln und dennoch anonym bleiben, man spielte unter einem Codenamen.
Das wahre Ziel des Spiels blieb den Teilnehmern allerdings verborgen. Für die meisten war es ein modernes Adventure[5] im CYBER-Zeitalter[6]. Kurze Episoden in einem Handlungsstrang dessen Reiz die offene Variation der Handlung von Runde zu Runde ausmachte.

---

[1]Einloggen: Anmeldung in einem Computernetzwerk oder in ein geschütztes
Programm
[2]INTERNET: Internationales Datennetz mit Zugangsberechtigung für Jedermann
[3]Brainstorm: wörtlich: Gehirntraining, Assoziatives Denktraining
[4]DATEN-SURFEN: Insider- Jargon für das Streifen durch Informationen in Datennetzen
[5]ADVENTURE -SPIELE: oder auch Rollenspiele sind bei Copmputeranwendern sehr beliebte Spiele, bei denen die Spieler in der Regel Rollen von Helden auf der Suche nach einem Rätsel übernehmen
[6]CYBER-AGE: Wortschöpfung eines US-Programmieres zur Beschreibung künstlicher Computerwelten

27

Ralf machte den Mitspielern stets einen Teil seiner Informationen zugänglich und profitierte davon, dass „seine Leute", wie er sein Spieler-Team nannte, zumeist erprobte Recken auf den Phantasy-Schlachtfeldern diverser Computerwelten waren.
Sie waren es gewohnt, Details zu sammeln und selbst die ungewöhnlichsten Querverbindungen von Kausalitäten in ihren Gedanken und Strategien zu berücksichtigen. Seine Leute bildeten sozusagen die Creme de la Creme des assoziativen Denkens und die Aufgabe, von der sie nichts ahnen sollten, bestand darin, die spielerisch aufbereitete Realität der Verbrechen ab jenem Punkt zu Ende zu denken, den Ralf das „Wesen der Tat" nannte, was gleichbedeutend mit dem Grundzug des Charakters des Täters war.
Oft verwandelte er die tatsächlichen Opfer in monströse Geschöpfe, die es galt auszulöschen und über den Weg der Planung der Beseitigung dieses quasi-Bösewichts engte er den Kreis seiner besten Assoziativ-Denker ein.
Er hatte auf diese Weise bereits ein kleines Team seiner Leute, die sich dadurch auszeichneten, dass sie in der Mehrzahl der Fälle bei den Alternativen der Tat die in der Realität gewählte Ausführung als ihre Lösung des Problems vorsahen. Die Sieger einer jeden Runde erhielten den sogenannten „MORPH-AWARD"[7]. Es war ein Bonus-System, dass es dem Etappen-Gewinner erlaubte, seine Fähigkeiten und sein Aussehen der zunächst nur völlig vage umschriebenen nächsten Abenteuer-Aufgabe anzupassen.
Haben alle Mitspieler gewählt, dann müssen sie in ihren

---

[7] MORPH von Verwandlung

„Abenteuer-Kokon" schlüpfen, die endgültige Aufgabenstellung wird gegeben und das Spiel beginnt von neuem.

Ralfs Ziel war es einem echten Täter im Denken verwandte Spieler zu finden, um bei unlösbar scheinenden Verbrechen doch noch Motive oder andere Anhaltspunkte als Schlüssel zum Täter zu heraus zu bekommen.
Einer seiner besten Denker verbarg sich hinter dem Codenamen "Jedy".
Jedy hatte in der Regel bei der Mehrzahl der ungewöhnlichen Morde die Alternative der Tatausführung gewählt und vervollständigt, wie dies tatsächlich Wochen zuvor als brutale Realität geschehen war.
Entweder war Jedy auch ein begnadeter Hacker und beschaffte sich zufällig oder bewusst dieselben Informationen, was eigentlich keinen Sinn machte und daher sehr unwahrscheinlich anmutete oder und das war wohl die hoffnungsvollere Erklärung, er war der Analytiker schlechthin.

Kapitel 6 „Bisley"

Bernd Hoffmann saß vor dem Fernsehgerät und schaute sich "Backstage", eine zumeist hochaktuelle, gut recherchierte Nachrichtensendung eines Privatsenders an.
Die üblichen Skandale, alltäglichen Polit-Statements und Recherchen.
Wieder einmal hatte ein leitender Angestellter in irgendeinem Institut aus unerfindlichen Gründen Kontrollen missachtet und, wie sich jetzt herausstellte, Aids-verseuchte Blutkonserven freigegeben.
Gerade als er das Glas Bier wieder absetzte und sich wieder seinem kleinen Abendsnack genießerisch widmen wollte, klingelte das Telefon. Bernd verzog etwas die Augen, was in Anbetracht der Tatsache, dass er allein war eigentlich keinen so rechten Sinn machen wollte.
Er erhob sich etwas unwillig und ging zu der kleinen Anrichte im Flur auf der das Telefon vor sich hin nörgelte und hob den Hörer ab. Im Spiegel über der Anrichte sah er sich und wie er die Sprechmuschel an den Mund führte, um sich gleich darauf sagen zu hören:
"Hoffmann"!."Hallo Herbert, Du bist´s! Ja, ich bin auch erst heute morgen angekommen. Klar klappt es bei mir, am Wochenende, ich bin dabei, die bestätigte Anmeldung liegt endlich vor! Bis dann und grüße Maria von mir, Tschüss!"
Er legte den Hörer ab und betrachtete sich kurz im Spiegel. "Wider zugenommen hörte er sich sagen und alt wirst Du auch allmählich, mein Junge". Es war die reinste Ironie. 1,87 Meter groß, 100 Kg schwer, aber sportlich durchtrainiert, erinnerte Bernd eher an einen Catcher in seinen besten Jahren. Er war 46, geschieden und Vater

zweier Töchter. Einzig die Stirnglatze ließ sein alter vermuten, machte ihn dadurch jedoch noch interessanter.
Eigentlich gehörten die Wochenenden meist seinen Töchtern, wenn seine Ex- Frau zustimmte. Sie waren im Guten auseinandergegangen und hatten noch einen, wie er zu sagen pflegte, guten Draht zueinander.
Dieses Wochenende war allerdings einzig seinem Hobby gewidmet. Bernd hatte Urlaub für 14 Tage genommen und fieberte schon jetzt BISLEY[1] entgegen. Bisley war der Austragungsort der Weltmeisterschaften im Long-Range-[2] und Präzisionsschießen. Einmal im Jahr im August trafen sich hier Schützen und Spotter[3], die meist in ihrer Aufgabenstellung wechselten, um auf 300, 500 und 1000 yards Entfernung die besten der Welt zu küren.
Für Bernd, den Liebling der Frauen, übrigens einer der Gründe für seine Scheidung, und seinen Spotter Herbert Ehlers, sie waren schon seit der Schulzeit Freunde und über das gemeinsam entdeckte Hobby des Schießens hatten sie sich auch niemals aus den Augen verloren, war es das 8.Mal, dass sie sich als Team in England in dem kleinen Örtchen Bisley mit der Elite der Long-Range - Schützen der Welt messen konnten.
Georg Ruhland und Markus Parey waren Team-Kollegen von Bernd und Herbert. Herbert hatte sie alle heute Abend noch einmal angerufen, um sicherzugehen, dass alles klappt und sie somit am kommenden Freitag gemeinsam nach London fliegen würden, um von dort aus mit dem Mietwagen nach Bisley zu fahren.

---

[1]BISLEY: Internationaler Austragungsort von Weltmeisterschaften im Schießen auf lange Distanz in   England
[2]LONG-RANGE: weite Distanz
[3]SPOTTER: Gibt dem Schützen als Beobachter Hinweise auf die Trefferlage und Korrekturwerte

31

Die Zimmer im Landlord´s Inn waren bereits bestellt und bestätigt.
Sie hofften, wie üblich, ohne große Schwierigkeiten die Einreiseformalitäten hinter sich bringen zu können, hatten sie doch für alle mitgeführten Waffen - reichlich exotisch anmutende Maschinen - zuvor alle erforderlichen Genehmigungen erhalten.
Als Besonderheit sollte in diesem Jahr zum ersten Mal eine neue Gruppierung an den Start gehen. Es war dies die Riege behinderter Schützen, für die eigens Disziplinen gemäß ihrer Behinderung geschaffen worden waren und für die eine Sportart ohne große Stellungswechsel geradezu ideal war.
Am 27.August trafen sich somit die besten Langstreckenschützen der Welt in Bisley, um ihre Meister zu küren.
Ralf Rooge hatte sich am Nachmittag auf 300 M Bench-Rest[4] auf Platz 11 der Weltrangliste von 37 Teilnehmern geschossen und bei der Kombination 500-1000 Yards gelang ihm sogar Rang 5. Bernd und Herbert schafften auf 300 M Platz 17 von 84 Teilnehmern und erreichten Platz 13 auf den Disziplinen 500 und 1000 yards. Wohlgemerkt sprach man hier von Rängen, die erreicht wurden, bei einer Präzision im Schuß, die das beste Team vom zuletzt plazierten trennten mit einer Differenz von nur 11 cm Streuung auf fast 1000 M.
Georg Ruhland und Markus Parey hingegen schafften eine Medaille. Platz 3 in der Bench-Rest- Wertung.

---

[4]BENCH-REST: Mit auf einem Tisch aufgelegtem Gewehr müssen Schüsse mit engstmöglicher
    Streuung auf die Scheibe abgegeben werden.

32

Gegen Abend gab es dann das übliche "Elefantentreffen" am Schießstand. In der offenen Klasse konnte sich jedes Kaliber mit jedem messen. Noch immer bildeten die Waffen im Kal..50 BR die von Beachtung umringte Ausnahme.
Dem Ende aller Sieger- und Leistungs- Ehrungen folgte dann der Samstag-Abend mit geselligem Beisammensein aller Teilnehmer beim kalten Buffet im Landlords-Inn.
Ein illustrer Haufen aller Berufe, Geschlechter Altersstufen und Mentalitäten aus aller Welt.
Der Abend wurde schließlich ein morgen und Ralf, er hatte sich voller innerem Stolz unter die ersten Zehn seiner Klasse "geschossen", vergaß vor lauter Fachsimpeln und all der netten kleinen Geschichten aus dem Bereich des Schützenlatein, die er zu hören bekam, seit langem einmal wieder die düsteren Eindrücke, die ihm seine monatelange Abgeschiedenheit in den Nächten vor dem Computer bescherten.
Im Verlauf all der vielen Diskussionen hörte man allerhand wichtiges und unwichtiges über und von seinem jeweiligen Gegenüber. Ralf, der über seine Hacker-Passion mit niemandem sprach, erfuhr auf diese Weise, dass Peter Wilks, mit dem er sich anfänglich sehr ausgiebig über Waffentechnik unterhalten hatte, und aufgrund ähnlich gelagerter Interessen bei der Beurteilung der alltäglichen Standpunkte der frühmorgendlichen Weltanschauungen, dass dieser bei der Mordkommission in Frankfurt war. Sein Aufgabengebiet war es internationale POL-NET - Anfragen zu kanalisieren und evtl. wichtige übergreifende Informationen zu bestehenden Kapitalverbrechen einzuspeisen. Er hatte dafür im Auftrag der Polizei ein mehrjähriges Kybernetik-Studium mit Ausrichtung auf Informationssteuerung und Selektion absolviert. Er

33

bedauerte es allerdings gelegentlich, dass ihm diese Tätigkeit fast völlig an den Schreibtisch verurteilt hatte. Nur noch auf besonderen Wunsch und dies auch nur mit alten Dienstfreunden, war es ihm, wie er sagte, vergönnt am richtigen Kriminalisten-Leben teilzunehmen und bei einer Ermittlung vor Ort dabei zu sein. Seine Kollegen mussten riefen ihn zumeist dann, wenn sie sich über die internationale Bedeutung einer Tat nicht ganz sicher waren.
Ralf saugte, wobei er den etwas unbedarften Computeranwender spielte, jede Information in sich auf. Es kam ihm dabei zugute, dass er aufgrund seines Handicaps außer Haus nur wenig Alkohol zu sich nahm.
Peter, im Verlauf des Abends war man beim Du angelangt, hatte schon etwas mehr auf die Lampe gegossen und gab auf diese Weise einzelne Informationen preis, die zwar nicht der absoluten Geheimhaltung unterlagen, die jedoch trotzdem nicht zu jedermanns Allgemeinwissen gehörten und die Paul in mancher Hinsicht das Hackerleben wieder etwas erleichtern sollten.
Im weiteren Verlauf der Feier und angesichts des nahenden Endes der Veranstaltung tauschte man wie üblich Visitenkarten und Adressen aus mit den üblichen Versicherungen des Vorbeischauens, sollte man sich in der Nähe einmal aufhalten, Versprechen, wie Ralf etwas wehmütig aus Erfahrung wusste, die ja doch kaum jemals in die Tat umgesetzt wurden.
Der folgende Tag hieß Aufbruch und Heimreise. Die gelöste Stimmung der Gesellschaft deutete dennoch darauf hin, dass Bisley nicht nur in schießtechnischer Sicht ein voller Erfolg war.

Kapitel 7   „**Der Pfeil**"

Ralf Rooge war wieder zu Hause und Bisley lag schon fast einen Monat zurück.
Er schaute gerade fern, "Backstage" (Pro-Mondo) lief wie jeden Donnerstag, und griff bei den Action-Nachrichten einen Mord in den USA auf.
Der Moderator war Ralf kein unbekannter. Michael Horn war 48 Jahre alt, ca. 185 groß und durchtrainiert und seiner bereits grauen Haare ein echter, braungebrannter Frauentyp. Herber Charme, Gnitz von der Art, schlagfertig und penibel und dennoch so locker, wie es eine Vielzahl von Frauen schätzt. Er war im Fernsehen ein echter Quotenhai. Ralf hatte ihn vor Jahren, damals war er noch ein Medien-Niemand gewesen, anlässlich einer Reportage über Bisley kennen und schätzen gelernt. Vor und hinter der Kamera zwei Wesen. Vor der Kamera mit allen Wassern des Sensationsentertainments gewaschen, war er hinter der Kamera Mensch, echt interessierter Mensch im Denken und Fühlen geblieben. Was gab es heute zu Bestaunen?
Der Boß eines internationalen Holz-Konsortiums, Bill Keen, war vor seinem Fahrzeug, einem gepanzerten Ford Lincoln, auf ungewöhnlichste Weise ums Leben gekommen.
Als Honorarkonsul eines Südamerikanischen Staates und Chef eines großen Holz-Konzerns, der sich seit 15 Jahren in Amazonien engagierte, war es ihm selbstverständlich geworden, in der Öffentlichkeit eine kugelsichere Leichtweste unter der Jacke zu tragen. Dies hatte ihm allerdings nicht helfen gekonnt, als ihn der Pfeil eines Bo-

gens traf, den und dessen Schütze niemand wahr genommen hatte.
Der Pfeil und hier wurde es sonderbar, hergestellt aus Mahagoni, mit messerscharfer, metallener Jagdspitze hatte aufgrund seines hohen Gewichts und der damit verbundenen hohen Querschnittsbelastung etwas vermocht, wozu selbst eine 44.Magnum nicht in der Lage gewesen wäre: er hatte die Weste glatt durchschlagen, um sich durch Lunge und Herz hindurch an der Wirbelsäule zu verfangen. Mr. Keen stolperte so getroffen nach vorne und stürzte zu Boden und der Pfeil brach beim Auftreffen auf dem Boden am Schaft ab.
Ralf saugte wieder einmal jedes Detail in sich auf, der Video-Rekorder lief ebenfalls, damit er sich die Sendung so oft er es für nötig erachtete anschauen konnte.
Der Täter, so hatte man später festgestellt, musste sich offensichtlich in einem präparierten Lieferwagen aufgehalten haben, den mehrere Zeugen gesehen haben wollten, an dessen Kennzeichen sich niemand so recht erinnern konnte. Ralf fühlte wieder diese innere Unruhe in sich aufsteigen, diese Sucht, die ihn veranlasste weitere Informationen aus dem POL-NET zu zapfen.
Er hatte Glück. Im PN waren bereits einige Hinweise zur Tat zu finden, die das FBI dort schon eingespeist hatte. Man suchte u.a. auch im terroristischen Umfeld, hatte allerdings noch keinerlei Hinweise auf solcherlei Verbindungen.
Brainstorm war am nächsten Tag um ein Kapitel reicher.
Sicherlich hatten viele die Sendung gesehen, doch diesmal stellte Ralf eine derart subtile Aufgabe in "Garkoland"[1], dass selbst derjenige, der die Fernsehberichter-

---

[1] Garkoland: Land, in dem Ralfs Phantasy-Abenteuer spielen

stattung gesehen hatte, sie nicht aufgrund deren Informationsgehaltes lösen konnte.

Kapitel 8   **„Der Hacker und die Hure"**

„HMMMM, ja, so ist es gut, oooh ja !"
Sabrina bewegte sich langsam vor und zurück, die Beine hatte sie weit gespreizt und mit bebendem Körper fühlte sie wie die Finger ihres Partners sie an ihrer empfindlichsten Stelle liebkosten. Mit bestimmter Zärtlichkeit drangen diese Hände in ihr wollüstiges Fühlen. Sie waberte ihrem Höhepunkt entgegen, ihre großen Brüste schwangen schwer und immer wieder tastete eine Hand nach ihnen, um die erregten Knospen zu stimulieren .Mit einem großen Seufzer fiel sie vornüber auf den fülligen Leib ihres Kunden.
Ralf atmete ebenfalls schwer, und nur ganz langsam beruhigten sich die beiden Körper wieder. „Es war schön" hörte er Sabrina auf seine fragenden Blicke antworten und dies war ehrlich gemeint.
Sabrina war Prostituierte und sie hatte sich voll und ganz auf die Bedürfnisse behinderter Kunden spezialisiert. Ralf kannte sie nunmehr seit beinahe 2 Jahren und aus der geschäftlichen Beziehung war eine menschliche Wertschätzung hervorgegangen, die beiden die Freiheit der gegenseitigen Offenheit lies, ehrlich zu sein.
Sie hatte im Laufe ihrer Karriere als käufliche Liebesdienerin die Erfahrung gemacht, dass bei den behinderten Männern, die sie als Kunden besuchte, die Zärtlichkeit und das kindliche Staunen der Augen dominierte.
Die Öffentlichkeit wusste wenig von den Problemen aber auch von den Möglichkeiten behinderter Menschen, ihre Sexualität zu erleben und das war Sabrina´s Erfolgsrezept.

38

Sie stand nach einer Weile auf, zog den Bademantel über, der ihren braunen, ausgesprochen gut proportionierten Körper mit den hellen Bikiniauslassungen an Brust und Intimbereich, bedeckte, und der das voyeuristische Verlangen nach Aufklärung dieses femininen Körperrätsels nur noch steigerte.
„Willst Du auch einen Kaffee" hörte er sie fragen und sich selbst mit „Ja gern" antworten.
Für gewöhnlich traf sie Komplett-Arrangements für eine ganze Nacht mit ihren Kunden und so gab es keine Eile, und somit auch keine Furcht der Kunden vor erneuter Einsamkeit. Es war schön, einen Menschen bei sich zu haben, der auch noch nach getaner Arbeit ein paar freundliche, vertraute Worte für jemanden fand, der in einer Welt zunehmender Vereinsamung und Informationskälte lebte.
„Hast Du einen neuen Fall?"
Sie glaubte, dass Ralf so eine Art Schriftsteller im Internet sei. Er hatte Ihr vieles, aber aus Angst vor gesetzlichen Konsequenzen nicht alles erzählt, was er tat. So wusste sie beispielsweise nichts von seinen nächtlichen Streifzügen durch verbotene Datenbanken. Sie las nur hin und wieder einige von den Abenteuern aus Garkoland, teils aus Interesse, teils aus Rücksichtnahme auf die Erlebniswelt von Ralf, einem Kunden von dem sie eigentlich nicht wusste, ob er nur Kunde war.
„Ja, hier, lies!"
Sie nahm das Manuskript, nippte an ihrem Kaffee und verschwand für Minuten in die scheinbar phantastische Welt, die sich aus den Schriftzeichen auf dem Papier vor ihren Augen in ihrer Vorstellung formte.
„Was hast du nur für eine schreckliche Phantasie, um dir all diese Abscheulichkeiten auszudenken"

39

„Das bin nicht ich, das ist das Leben"
Es war ein Wortspiel, das ihn schützte. Er sagte mit einem Augenzwinkern die Wahrheit, so dass niemand glaubte, er meine das ernst.
„Wieso müssen eigentlich die Helden immer Männer sein?",
fragte sie ihn, ohne auf eine Antwort seinerseits zu hoffen. Ihr war aufgefallen, dass bei all den Abenteurern, die sich in Garkoland bewähren mussten stets ein Kämpfer namens „Jedy" in vorderster, erfolgreicher Front kämpfte. Ralf hatte seine „Mitspieler" mit deren Pseudonymen in die Reihe der Weggefährten aufgenommen, die in Garkoland ihre Abenteuer zu bestehen hatten.
„Damit die Frauen zu Hause wissen, für wen sie sich hübsch machen",
antwortete er mit dem ihm eigenen Zynismus, den sie aber beide zu verstehen gelernt hatten als Ralfs Schild gegen innere Verletzlichkeit und der seinem ironischen Verständnis der Welt entsprach.
Nachdem sie gemeinsam noch in den Morgen gefrühstückt hatten, ging Sabrina ins Bad, um sich fertigzumachen. Ralf schaute durch die halb geöffnete Badezimmertür und bewunderte ihre Schönheit, wie sie sich nach de Duschen vor de Spiegel stehend zurechtmachte.
Eigentlich war sie zu schön, um sie nun gehen zu lassen.
Er fuhr leise mit seinem Rollstuhl zum Bad und öffnete die Türe völlig. Sie sah ihn zuerst im Spiegel und drehte sich nun völlig ungeniert um:
„und das soll schon alles gewesen sein?"
sagte er wobei seine lächelnden Augen der Aussage die entsprechende Bedeutung mitgaben.
Bei anderen Kunden hätte sie jetzt höflich aber bestimmt abgelehnt. Ralf war offensichtlich doch mehr. Sie ging

40

auf ihn zu, warf mit einer kleinen Bewegung des Kopfes die noch reichlich feuchten Haare um den Nacken, drehte sich vor ihm um und setzte sich mit gespreizten Schenkeln auf die Ränder seines Rollstuhles.
Zärtlich begannen Ralfs Hände zu suchen und sie wussten beide, dass dieser Tag erst als Mittag beginnen würde.

Kapitel 9   „Garkoland"

Enya atmete heftig.
„Das war knapp gewesen!"
Er schaute in die gefühlsneutralen, grün leuchtenden Augen von Aratek, dem Chimären.
Sarumi hatte es erwischt. Gerade hatten sie sich in Sicherheit gewähnt als sie die Prypia-Wurzel aus dem Sumpf herausragen sahen, zeigte sie doch an, dass der Sumpf wenige Meter weiter wieder in festen Grund übergehen würde, als ein Prontor sie gewittert hatte.
Halb Echse, halb Fisch mit einem Maul voller Fangzähne und Malmplatten war er die ideale Antwort der Evolution auf diesen Lebensraum.
Blitzschnell hatte der Prontor die Schwingungen der Grasinseln unter den Füßen der sieben Gefährten analysiert und seinen Angriff gestartet.
Im letzten Moment sahen diese die Welle aus Wasser, Erde und Morast auf sich zukommen und Bruchteile von Sekunden später stürzte sich ihnen ein klaffend aufgerissenes Maul entgegen.
Sarumi, der als letzter ging, brachte nicht einmal mehr einen Schrei hervor, geschweige denn, dass er den Werfer, den er bei sich trug hätte einsetzen können. Die Gefährten sahen nur noch, wie mit unglaublicher Geschwindigkeit die Fänge des Prontor Sarumis Unterschenkel zerfetzten und den Knochen des Schienbeins durchschlugen. Erneut öffnete sich das blutig rote Maul dieses Monstrums und schnappte den Oberschenkelstumpf seines Opfers, um es nun unlösbar mit sich in die Tiefe zu ziehen. Einzig ein erstickendes, Gurgeln war zu hören als Sarumis Gesicht im Schlick verschwand.

42

Arateks monotone Fistelstimme, die eigentlich bei einem Wesen dieser Größe erstaunte, er war schließlich 2,40 M groß und 1,40M breit mit seinen vier Armen und den stämmigen Beinen, die keine Gelenkverdickungen besaßen, befahl scheinbar völlig unberührt, weiterzumarschieren.
„Wir haben eine Aufgabe zu erfüllen, trauern können wir später!"
Sie wussten, dass er recht hatte und keiner widersprach.
Seine eindrucksvolle Statur, gepaart mit seinem kühl logischen Denkvermögen, hatten ihn nicht zufällig als Führer die erste Wahl sein lassen.
Von seinen Schultern spannte sich eine absolut glatte delfin-artige Haut direkt bis zum 50 cm durchmessenden Schädel, wo er unter seinen 4 Augen einen umlaufenden Hörschlitz besaß. Er hatte 3 voneinander unabhängig und dennoch verbundene Gehirne. In Zeiten normaler Aktivität war nur ein Gehirn mit maximal 2 Augen in Kontrolle. Die 2 anderen Augen und Gehirne ruhten und bildeten somit eine Art Alarmreserve. Aratek war m.a.W. voll-aktiv, das hieß, er ruhte ab und zu den Körper aus, Schlaf im eigentlichen Sinne, als Phase sensorischer Sinnesunterversorgung und damit Gefährdung, brauchte er nicht.
Seit Goldors, des Mutanten Tod, führte er die Gruppe aus 6, d.h. nunmehr 5 Stellar-Söldnern an. Er wandte sich den anderen seines Trupps zu:
„Wir müssen uns nun Gedanken darüber machen, wie wir Nebul töten können!" „Mit Sarumi, unserer Nachhut haben wir den Magnet-Werfer, der die Anti-Pol-Geschosse verfeuert, verloren!"
Sie überprüften die ihnen noch verbliebenen Waffen.
Gol, der Lantarier, der wie ein überdimensionaler Gorilla mit Schuppen aussah, hatte bei seiner Flucht auf die

43

Prypia-Wurzel den Köcher mit den Detonator-Pfeilen verloren und nur den Bogen gerettet. Unakam, der Leto, ein zweiköpfiger Zwerg, der auch im Dunkeln sehen konnte, hatte nur noch sein Blasrohr, die letzten Explosivpfeile hatte er auf den Prontor verschossen, allerdings ohne Wirkung. Sie waren somit vergeudet, niemand aus der Gruppe machte ihm allerdings einen Vorwurf.
Naomi, die Amazone besaß noch den Loran-Laser, für ihre Aufgabe, Nebul zu töten waren aber Energiewaffen ungeeignet, da sie keine persönlichen Energieschilde zu durchdringen vermochten. Jedy, der ruhmvolle, einer der kleinsten in der Gruppe, er war Orkaner, besaß nur noch sein Schwert.
Alle weitreichenden mechanisch zerstörenden Waffen waren verlorengegangen und das Schwert ungeeignet.
Was blieb, um Nebul während der Prozession am nächsten Tag trotz der Wachen und seiner Anhänger umzubringen, waren ein Bogen und ein Blasrohr ohne Pfeile.
Sie mussten aber ihren Auftrag irgendwie erfüllen, den sie vom Rat der Kerim erhalten hatten.
Nebul war eines Tages in der Provinz Lardon von Garkoland aufgetaucht und hatte die Macht an sich gerissen.
Man nahm an, dass er vom Sternenhaufen Polom geflohen war und nun eine neue Heimat suchte, denn eine Vielzahl seiner Schergen und Wächter stammten aus dieser dunklen Seite der Galaxis. In Ermangelung von Alternativen zogen die 5 Kämpfer weiter gen Morat, der „Stadt der Weisung", wo sie Nebul aus dem Weg räumen sollten, um dem Land den Frieden zurückzugeben und Tod und verderben zu beenden.
Dies war nicht einfach, denn Nebul war stets von Wachen umringt und ein Umhang aus Hexaflon umhüllte seinen Körper. Nur sein Kopf, dieser widerlich anzuse-

44

hende Spitzkegel, der auf dem riesigen Kugelkörper saß, war nach vorne frei, nach hinten schützte auch ihn ein Kragen aus völlig unzerstörbarem Hexaflon.
Zum 15. Ceniel des Tar würde er eine Prozession zum Tempel der Verkündung anführen, um dort seinen Untertanen die Weisungen des Lichts zu geben.
Dort bewahrte er auch seine furchtbarste Waffe, die Flamme des Untergangs, einen Thermo-Laser, auf.
Diese Waffe sollte gleichfalls vernichtet werden.
In der Nacht hatten sie endlich die Stadt erreicht und auch unerkannt von den vielen Spitzeln und Wachen, durch Unakams Fähigkeiten ein strategisch günstiges Quartier gefunden, das auf dem Weg vom Palast zum Tempel gelegen war.
Nebul würde morgen auf seinem Prozessionswagen ca. 35 M entfernt von ihnen vorbeikommen., 35 M, die über Wohl und Wehe eines ganzen Planeten entscheiden sollten.
„Wie können wir unseren Auftrag erfüllen?".
Aratek schaute mit 4 offenen Augen in die Runde, was bei ihm äußerste Erregung signalisierte. Jedy meldete sich zu Wort und resümierte:
„Wir haben nur noch den Bogen und das Blasrohr als mechanische Waffen mit der Hoffnung auf Erfolg !"
„Lasst uns zwei Gruppen bilden, von der eine jede versucht, Geschosse für jeweils eine Waffe zu bauen, das ist unsere letzte Chance!"
Die anderen stimmten nach kurzer Überlegung zu und, nachdem sie noch alles, was sie an Ausrüstung noch mitführten gesichtet hatten, es gab Messer, Schreibgeräte, medizinische Artikel u.v.m., trennte sich die Gruppe und jeder Teilnehmer einer Gruppe versuchte die Aufgabe auf seine Weise zu lösen.

45

„2 Stunden vor der Prozession treffen wir uns hier wieder!"
sagte Aratek und alle begaben sich auf die Suche nach der letzten Möglichkeit des Erfolges und der Rettung.
„Mal sehen, was wir erreicht haben?"
Aratek sah in die Runde, die sich erneut versammelt hatte.
Gol prüfte die Pfeile für den Bogen, die man ihm gab, hergestellt aus Schilfrohr mit einer Messerspitze, der andere aus massivem Metall, mit Federn als Stabilisierung und einer aus Woda-Holz geschnitzt, dessen Oberflächengüte nichts Gutes die Zielgenauigkeit betreffend erwarten lies. Alles in allem nicht zur Euphorie einladend.
Gol äußerte massive Bedenken, damit treffen zu können. Teils waren die Pfeile zu massig für seinen Bogen, teils zu unpräzise gefertigt, er schüttelte den Kopf.
„Und eure Gruppe?",
Aratek wies auf Jedy und Naomi.
Naomi hatte versucht aus der Mine eines Schreibgerätes einen Pfeil für das Blasrohr Unakams zu basteln, der Pfeil war ausgewogen, hatte aber letztlich zu wenig Masse um Nebul ernstlich zu verletzen.
Jedy, als letzter führte nunmehr sein Werk vor. Er hatte aus dem 1.Hilfe - Päckchen die kleinste Injektionsspritze entnommen, die er finden konnte und mit dem Messer den Plast-Ring abgeschnitten, der den Fingern beim drücken des Stempels als Widerlager diente. Die Nadel hatte er an der Spitze mit seinem Messer abgeknickt, so dass die Spitze verschlossen wurde. In den Schaft der Nadel hatte er eine winzige Öffnung gefeilt, die man mit einem Plastikröhrchen, das rutschend auf dem Schaft befestigt war, verschließen konnte. Gewonnen hatte er dies aus der abgeschnittenen Spitze des Nadelköchers, die er durch-

46

stochen hatte. Schließlich hatte er den Gummitrinkschlauch in streifen geschnitten, diese zu Ringen verknotet und sie dann mit der Nadel durchstochen und hinten über den Stempel geführt. Nachdem sie in die vorgefertigten Kerben eingepasst waren hatte er noch aus Stoff Stabilisierungsfetzen angebracht und aus der nächst größeren Spritze Ringe geschnitten, die als Führungsringe über den Flugkörper gezogen waren.
Leto nahm den Pfeil und gab damit einige Probeschüsse auf ein weiches Kleidungsstück ab, er gab sich skeptisch zweifelhaft und zuversichtlich gleichermaßen.
„Nun gut, und wo bekommen wir Gift her?",
fragte Naomi. Sie schauten sich an und wussten, dass sie bei den Medikamenten nur stabilisierende und in der Dosis zu schwache Mittel mit sich führten, um Nabul ernsthaft zu gefährden.
Jedy überlegte, sprang plötzlich auf, ohne in die verdutzten Gesichter seiner Gefährten zu blicken und verschwand in der Dämmerung.
Im Hof des Hauses hörte man plötzlich ein Fauchen und Sekunden später war Jedy zurück, in der rechten Hand eine Murka haltend, ein etwa katzengroßes Tier, das sich von Abfällen ernährte.
„Wir nehmen ihr Blut", sagte er. "Es wird einen Eiweiß- und Immunschock auslösen und hoffentlich Nebul töten."
Leto übte noch etwas mit dem Blasrohr, eine Waffe, die er wie kein anderer beherrschte, und sagte endlich: „Ich bin bereit. Die Menge nahm das Ereignis kaum wahr. Nebul griff sich irgendwann einmal an den Hals und zog dieses Ding, das ihn hätte verletzen sollen heraus, betrachtete es ungläubig und grinste. 15 Minuten später fühlte er sich unwohl, am Abend war er tot.

47

Am Horizont sahen die 6 Gefährten noch den rot leuchtenden Himmel, es waren die Flammen, die aus dem zerstörten Tempel hervorloderten. Sie hatten in der allgemeinen Unruhe und den Tumulten den Selbstzerstörungsmechanismus des Thermo-Lasers gezündet und damit den Tempel und diese grausamste aller Waffen zerstört.

Zu diesem Zeitpunkt waren die 6 Söldner aber bereits wieder auf ihrem gefahrvollen Rückweg durch die Sümpfe.

Sie hatten trotz der Trauer um ihre gefallenen Mitstreiter ein Gefühl der Zufriedenheit, denn sie hatten Garkoland die Zukunft zurückgegeben

Kapitel 10   „Internet"

Peter Wilks surfte[1] durch´s Internet, eine quasi Abfallerscheinung seines Berufes, um sich zu erholen. Er downloadete[2] einige neue Antiviren-Programme[3] und ging alsdann auf „FUN-TOUR", wie er es auszudrücken pflegte.
Das Neueste aus der Cyber-Szene, die aktuellen Playmates, die nächsten Kulturereignisse in Köln, Urlaubsvorschläge und Länder-Infos, ein zwei E-MAILS[4] ans Ende der Welt versandt und schließlich in die Action und Spiele-Ecke.
Letzte Woche hatte er den Fall „Adalbert von Heussen" ins POL-NET gespeist, eines 56jährigen angesehenen und erfolgreichen Geschäftsmannes, der von einem mit Tierblut gefüllten Narkosepfeil aus einem Betäubungsmittelgewehr getroffen worden war. Er hatte kurze Zeit später in der Klinik einen tödlichen Eiweiß-Immunschock erlitten. Der Fall war aufgrund seiner ungewöhnlichen Brisanz und der Spurenermittlungen noch nicht für die Öffentlichkeit freigegeben worden. Von Heussen, dessen scheinbar aufgesetzte Freundlichkeit ihn nicht gerade attraktiv wirken ließ, hatte sich dennoch über mehrere Stiftungen einen weithin bekannten Namen gemacht.

---

[1] SURFEN im Internet: Das ungezielte Stöbern durch Internet-Addressen und deren Datenangeboten
[2] DOWNLOADEN: Ein Programm aus dem IN in den eigenen Computer laden
[3] „VIREN", sind Computerprogramme, die unbemerkt wesentliche und unerwünschte Programmänderungen
vornehmen oder Daten zerstören.
[4] E-MAIL: Elektronischer Brief, der mittels IN um die ganze Welt in Sekunden geschickt werden kann

49

Erst die Frühnachrichten am morgigen Donnerstag würden mit freigegebenen Material von offizieller Stelle versorgt werden.
Nun stieß Peter zufällig auf GARKOLAND und traute seinen Augen nicht was er dort las. Er war völlig verblüfft. Zwar wusste er, dass sich stets einige seiner Kollegen durch einen guten Draht zur Presse ein wenig Taschengeld mit kleinen Indiskretionen dazuverdienten, bei den Gehältern eigentlich kein Wunder, dass aber die Tat so genau und fast zeitgleich auch als Spiel auftauchte, liess etwaige gedankliche Zufälle als äußerst unwahrscheinlich erscheinen.
Dieses Spiel schien mehr zu sein als ein einfaches Adventure.
Er beendete die Verbindung, schaltete seinen Computer und das Modem ab, räumte seinen Schreibtisch oberflächlich auf und ging nach Hause.
Er musste jetzt nachdenken. Die Früh-Nachrichten gaben den sonderbaren Mord der Öffentlichkeit preis. „Backstage" sendete am Abend schon eine detailliertere Darstellung der Vorgänge um dieses sonderbare Verbrechen, was auf gute Informanten bei Behörden und Krankenhäusern schließen ließ.
„Dann ist die Katze ja bis auf ein paar Kleinigkeiten aus dem Sack",
sinnierte Peter Wilks laut am Abend vor dem Fernseher. Er hatte genug gesehen. Sein Jagdtrieb erwachte, ein Gefühl, das er bei seiner stereotypen Tätigkeit im Alltag schon fast völlig vergessen hatte. In der kleinen, etwas unordentlichen Junggesellen-küche seiner Eigentumswohnung kochte er sich einen Milchkaffee, schmierte sich zwei Brote mit Salami und ging dann in sein Wohn-Arbeits-Schlafzimmer.

50

Der Bildschirm seines Computers flackerte auf und die monotonen Brumm-und Surrgeräusche meldeten, dass System und Festplatte arbeitsbereit waren.
Ein paar Tastenklicks später waren POL- und INTERNET geöffnet und er begann die Jagd auf etwas, von dem er nur wußte, dass es Informationen verarbeitete, über die es eigentlich gar nicht verfügen konnte.
Es würde eine lange Nacht werden, er hatte sich darauf vorbereitet.

Kapitel 11 „Jedy"

Ralf erwachte schweißgebadet.
Er war geflohen. Im Traum war er zu Fuß geflohen, ein Traum, den er des öfteren träumte, wenn er an einem neuen Kapitel von Brainstorm arbeitete und dies auf einer äußerst brutalen Tat beruhte. Der Killer fand irgendwie heraus, dass er ihm auf der Spur war und versuchte ihn aus dem Weg zu räumen. Das schreckliche an der Flucht war jedes mal, dass er nur in einer Art Zeitlupe fliehen konnte, während der zu allem entschlossene Verfolger schnell und ungebremst näher kam. Auf wunderbare Weise dauerte diese Hetzjagd allerdings eine Unendlichkeit an Zeit, eine Zeit, angefüllt mit dem grausamsten Schrecken unterbewusster psychischer Abgründe.
Als er die Augen aufschlug ging ihm immer wieder derselbe Satz durch den Kopf: „Findest Du es nicht sehr langweilig für Deine Leser, dass es immer wieder ein und derselbe ist, dieser Jedy, der all die Abenteuer besteht und Held aller Aktionen ist?", hatte ihn Sabrina gefragt.
Sie war wieder einmal auf Besuch bei Ralf gewesen und er hatte ihr seine neueste Episode zu lesen gegeben.
„Ein und derselbe". Hatte er endlich „Das Wesen der Tat" gefunden?
Einen gleichartig denkenden Mitspieler, der sozusagen die Psyche und Denkweise der Täter darstellte, die Ralf in der Form der Helden seines Spiels als quasi Spiegelbild-Platzhalter für die wahren Mörder verarbeitet hatte? Jedy dachte bei den Lösungen wie die realen Killer. Es würde bei soviel Übereinstimmung im Denken und Han-

deln doch sicherlich im sozialen Profil von Jedy`s echter Existenz in der Alltagswelt eine Vielzahl von Parallelismen zu der jeweiligen echten Verbrecher aufweisen.
Er dachte dabei an Beruf, soziale Stellung, Alter, Geschlecht u.v.m.
Endlich sollte sich sein Spiel für die Realität bewähren!
Im nächsten Abenteuer hatten die Spieler, die ja nicht den wahren Hintergrund kannten, eine Aufgabe auf der Erde zu lösen. Irgend jemand sollte getötet werden. Ralfs eigentliches Ziel war dabei den Spielern, insbesondere Jedy, dessen soziale Identität zu entlocken. Die Aufgabe in dieser besonderen Episode spielte auf der Erde und die Spieler mussten gemäß ihren Morph-Punkten ihre Spielfigur mit diversen Attributen ausstatten, um diese Aufgabe erfüllen zu können.
Diese Eigenschaften waren es, die Ralf interessierten.

Kapitel 12   „Das Profil"

Ca. 40-45 Jahre, dynamisch, wahrscheinlich männlich, besserverdienend, unabhängig, sportlich, alleinstehend, egozentrisch, leicht neurotisch, analytisch denkend, rational, charakterfest, kaum Alkohol-trinkend, gewandt, Schußwaffen-Spezialist, technisch versiert, vermutlich militärisch ausgebildet u.m.
Ralf hatte die Liste vor sich liegen. Er musste sie in Händen halten, deshalb hatte er sie entgegen seinen sonstigen Gewohnheiten ausgedruckt.
Endlich hatte er das Profil von Mördern eingegrenzt, die sich durch hochgradig komplexe Taten mit nahezu perfekter Ausführung auszeichneten.
Monatelange Arbeit zahlte sich aus.
Jetzt wartete allerdings die schwierigste Aufgabe auf ihn: Die Überprüfung seiner Theorie. Ralf musste einen der Täter anhand dieses Profils finden, dann hatte er in diesem Spiel, dass er gegen sich selbst spielte, gesiegt.
Nebenbei allerdings würde er Brainstorm weiter pflegen, um sein Profil eines Killers weiterzuentwickeln.

Als er gerade seinen Computer ausschalten wollte meldete sich seine Mailbox[1] und ein neuer Spieler bewarb sich um die Aufnahme. „NINJA" erhielt die Bewerbungsunterlagen per E-MAIL und mußte eine Legende[2] für seine Wunsch-Handlungs- Figur mitteilen.

---

[1] Mailbox: Zwischenspeicher im Computer, der eingehende Nachrichten speichert und deren Eingang meldet.
[2] Legende: Fiktive Eigenschaften, Fähigkeiten und Herkunft der Spielfigur

54

Erst wenn dies so akzeptiert wurde war ein neuer Mitspieler Mitglied bei Brainstorm.
Nun begann Ralf damit, sein System herunterzufahren. Er stutzte allerdings gewaltig, als sich sein FIREWALL[3] mit der Botschaft meldete, dass irgend jemand versucht hatte, sein System von außen unbefugt abzufragen. Er analysierte mit diversen Routinen sein System und stellte fest, dass der potentielle Eindringling erfolglos geblieben war. Leider war aber der Hacker so gut, dass Ralf am heutigen Abend chancenlos bei der Spurensuche nach ihm blieb.
Den gesamten Vorgang speicherte er ab. Vielleicht war er morgen so ausgeruht und kreativ, dass er doch noch Hinweise und Pfade finden würde.

---

[3] FIREWALL: System, dass das unbefugte Eindringen von außen in vernetzte Computer verhindern soll.

Kapitel 13   „Die Falle"

Peter arbeitete im Tagesgeschäft und rief Fälle aus dem POL-NET ab, versah sie mit vermutlich relevanten Erkenntnissen aus seiner Ermittlungsarbeit und fütterte wieder diese Weltdatenbank des Verbrechens.
Es ging auf 1815 Uhr zu und er hatte eigentlich sein Tages-soll absolviert. Für ihn als Morgenmuffel war das „Gleiten" im Beruf ein lebensverlängernder Bonus, wie er es bezeichnete.
„Tschüs Angie!", „es wird heute wohl nichts mit unserem Kinoabend, ich muß noch ein paar alte Fälle aufarbeiten".
Angie war solcherlei berufsbedingten Korb seitens Peter gewohnt. Es war ja wohl auch der eigentliche Grund dafür gewesen, dass ihre Beziehung vor Jahren schon in die Brüche gegangen war. Sie stellte die Ansprüche an ihr Leben in den Vordergrund, Peter die Arbeit.
Angie war von herber Schönheit. Die dunkle Lockenmähne umspielte ihr fast männlich wirkendes Gesicht mit den glasig türkisblauen Augen. Sie verkörperte diese Weiblichkeit, die aus einer Art von Erotik des Verruchten ihre Spannung nahm und die Affinität zum Alkohol in der Vergangenheit hatte ihrem Gesicht diese interessante Gravur von Leben eingeritzt, die all den klinisch neutralen Vorzeigegesichtern aus der Werbung fehlte. Ihre leicht flüsternde, beinahe verheißungsvolle, Stimme hatte ihr am Telefon schon eine Vielzahl von Rendez-vous-Angeboten eingebracht seitens von Anrufern, die sich einzig davon beeindrucken ließen.
„Tschüs!" „Du Taugenichts".

56

Sie lachte dabei mit ihren Augen und Peter fragte sich in solchen Sekunden wehmütig, warum er diese Frau seiner Arbeit hinten anstellte? Er liebte sie eigentlich wohl noch immer. Vor allem diese nichts nachtragende Großmut, gepaart mit Alltagsironie war es gewesen, der neben Angie´s körperlichen Attributen sein fortwährendes Begehren an dieser Frau begründete. Allerdings sagte er sich stets, dass er erst nach dem nächsten wichtigen Fall wieder etwas für die Intensivierung ihrer Beziehung tun könne.
Zwischenzeitlich hoffte er eifersüchtig, dass sie doch alleinstehend bleiben möge. Die kleineren Affären, die sie seit ihrer beider großen Zeit gehabt hatte, beunruhigten ihn jedes mal erneut und er empfand Angst, sie zu verlieren obwohl sie nunmehr schon seit drei Jahren nicht mehr zusammen waren.
Die Tür viel zu. Er war im Zweifel, das Richtige getan zu haben.
Dennoch wendete er sich wieder seinem Computer zu, Minuten danach hatte er Angie vergessen, er war auf der Jagd und begann damit, elektronische Fallen zu stellen.
Es mußte ein Fall ins POL-NET eingespeist werden, der eigentlich überhaupt nicht geschehen war. Eine Tat zu konstruieren hatte er sich eigentlich als nicht so schwierig vorgestellt, das größere Problem war es, diesen Fall so ins Netz einzuspeisen, dass er dem Gejagten, der diese Informationsquelle zu missbrauchen schien, auffiel und gleichzeitig seinen Kollegen in den anderen Mitgliedsstaaten nicht zu Gesicht kam.
Er versah also seinen „Fall" mit einer bereits vergebenen, älteren Identifikationsnummer und legte den einstmals darunter abgelegten tatsächlichen Sachverhalt unter anderer Adresse ab.

57

Da das POL-NET weltweit die neuesten Ereignisse nach Dringlichkeit und Aktualität gemäß der ID- Nr. meldete, konnte er davon ausgehen, dass bei seiner „Tat" in keiner Dienststelle auf der Erde die Ermittlungen aufgenommen würden, sollte er nicht das Pech haben, dass zufällig jemand dem nunmehr verschwundenen Verbrechen neue Erkenntnisse zufügen wollte.

Dieses Risiko musste er eingehen, wobei er wusste, dass derartige Manipulationen an den Datenbanken des POL-NET seinen Job gefährdeten, kämen sie ans Licht. Das PN war nämlich gegen solcherlei Veränderungen durch diverse Sicherheitsvorkehrungen geschützt.

Peter war allerdings gut befreundet mit einem der Gründerväter dieses Netzes und dessen gelegentlich aufgeschnappte Systeminformationen sowie die Tatsache, dass Peter sich im Lauf weniger Jahre auch zu einem begnadeten Hacker gemausert hatte machten es ihm leichter, sein Vorhaben zu verwirklichen und abzusichern.

Peter begann zu schwitzen und er fühlte, wie sich sein Magen zusammenkrampfte als er den Code eingab, der weltweit alle MASTER[1] aufforderte ihr gegenwärtiges Passwort zu ändern.

2373 Computer würden nunmehr in den nächsten 45 Minuten von ihren Operators[2] eine Diskette mit dem zu dekretierenden[3] neuen Code-bzw Passwort eingelegt bekommen und dies aktualisieren.

Eigentlich geschah dies in unregelmäßigen, aber dennoch genau festgelegtem Zeitabstand. Jede Dienststelle welt-

---

[1] MASTER: Rechner, der in der Hierarchie eines Computernetzes einen Knoten-bzw Verarbeitungspunkt bildet.
[2] OPERATOR: Computerbediener ohne vertiefte Programmierkenntnisse
[3] ENKRYPTEN: Verschlüssen   DEKRYPTEN: Entschlüsseln

58

weit hatte allerdings das Recht und die Pflicht, eine vorzeitige Änderung zu beantragen, wenn sie begründete Verdachtsmomente dafür hatte, dass Hacker ins Netz einzudringen versucht hatten.

Man ging beim Netz allerdings davon aus, dass es derart komplex abgesichert war, dass es zwar Eindringversuche geben könne, diese aber im Vorfeld stecken bleiben würden.

Dieser Codewechsel war von den Netzbegründern quasi als eigentlich überflüssige weitere Sicherheitsmaßnahme eingebracht worden, die aber schon bereits dann aktiviert wurde, wenn jemand unidentifiziert im Netz einen Server mit 3 Fehlversuchen des Zugangscodes bedrängt hatte. In der Vergangenheit war solch ein vorzeitiger Wechsel des Passwortes allerdings nur zweimal vorgekommen, da schon die Hürden, um überhaupt an einen POL-NET - Server zu gelangen, sehr hoch gesteckt waren.

So wurde grundsätzlich jede Verbindung zu ihrem Ursprung hin verfolgt und dokumentiert und jeder potentielle unautorisierte Eindringling wurde bereits zu einem sehr frühen Zeitpunkt mit entsprechenden Warnungen abgeschreckt. Hatte ein Hacker die 2. Sicherheitsstufe überwunden fühlte er sich zumeist sicher und glücklich über diesen Erfolg, wunderte sich aber doch, wenn kurze Zeit später Beamte bei ihm auftauchten und ein Verfahren gegen ihn wegen Missbrauchs von Hoheitsrechten eröffnet wurde und er schließlich wegen illegalem Eindringen in diese polizeiliche Datenautobahn zu einer Freiheitsstrafe von 3 Jahren verurteilt wurde.

Peter wusste, dass er einige unangenehme Berichte würde fälschen müssen , um diesen Code-Wort-Wechsel zu legitimieren.

59

Er erzeugte ein paar Fehlerprotokolle über gescheiterte Angriffe auf den Server aus Hamburg. Dies schien glaubwürdig, da dort eine berühmte Szene von Hackern ihren Sitz hatte.
Daraufhin kam die eigentliche Arbeit, die ihn noch bis in den frühen Morgen des Folgetages beschäftigen sollte.
Das Ergebnis seines Tuns war , dass jede Anfrage ans Netz, die sich nun noch mit dem alten Code ausweisen würde, seinen getürkten Fall mit einer Dringlichkeitsmitteilung erhielt, dass dieser „Fall" allerdings nach 48 H sich selbst wieder aus dem Netz entfernte und der alte ID- Zustand wiederhergestellt würde.
Peter fürchtete, dass 48 H nicht reichen könnten, es war aber eine zu heiße Kiste seine Manipulation länger aufrecht zu erhalten.
Der Morgen schob sich langsam durch die Fenster und die letzten Tastaturgeräusche verhallten im Terminalraum des Präsidiums. In 1,5 H würden sich die Arbeitsplätze um ihn herum füllen, wenn er dann noch anwesend wäre. Peter schloss die Verbindung.
Ihm war immer noch etwas flau zumute. Er hatte sich weit vorgewagt um seinen Ehrgeiz und Jagdinstinkt zu befriedigen, es mußte aber sein.
Solcherlei Einzelaktionen waren bei den Vorgesetzten unbeliebt. Auch waren ihm seine Motive selbst noch nicht klar. Er hätte seine Erkenntnisse ja öffentlich machen können und ein ganzer Stab von Spezialisten wäre ihm zur Seite gestellt worden, das aber wollte Peter gerade nicht. Es war die persönliche Herausforderung, die ihn hier reizte. Irgend ein Fremder Kämpfer hatte ihm sozusagen den Fehdehandschuh hingeworfen. Dieser Handschuh hieß Arroganz, Dreistigkeit und Können. Ge-

60

rade dieses Können aber war es, das in ihm Bewunderung und Verachtung gleichermaßen auslöste.
Er verließ das Büro, in Gedanken versunken, das
„Na, wieder mal Überstunden gefeiert"
des Pförtners ignorierend, der ihm gleichgültig ob der ausstehenden Antwort nachblickte.
Angie hatte von seinen Tagträumen bereits wieder Besitz ergriffen.
Sie kam geradewegs auf ihn zu: Das durchsichtige Nachthemd umschmeichelte ihre Brüste und Hüften und das zu erahnende Dreieck zwischen ihren Schenkeln verhieß lang ersehnte Freuden. Er fragte sich, ob sie immer noch im Intimbereich rasiert war, etwas, dass er ihr nicht zugetraut hatte bevor er sie damals näher kennengelernt und sie Wochen wildester sexueller Ausschweifungen miteinander erlebt hatten. Sie war damals 22 und er 31 Jahre alt gewesen.
Sein Leben war von den sogenannten geordneten Verhältnissen geprägt gewesen, aus denen er hervorgegangen war. Sein Vater war bis zu seiner Pensionierung leitender Beamter in einem Länder-Finanzministerium gewesen, seine Mutter stammte aus einem angesehenen Handelshaus in Lübeck. Seine Jugend und Schulzeit waren ohne größere Einschnitte verlaufen. Mit seinem Vater, der sich beruflich für seinen Sohn allerdings etwas anderes vorgestellt hatte, hatte er sich für mehrere Jahre überworfen gehabt. Schließlich hatte sich der Vater mit dem Arbeit seines Sohnes abgefunden, als dieser sich vom einfachen Kriminaldienst nach zwischengeschaltetem Studium für die polizeiinterne Informatik-Laufbahn qualifiziert hatte.
Bei Angie war das Leben weniger geradlinig verlaufen. Ihren Vater hatte sie nie kennengelernt und ihre Jugend

61

bei der alleinerziehenden Mutter war von Geldmangel und den vielen Onkeln geprägt, die häufig nur für kurze Zeit die „Familie" ergänzten. Mit 12 Jahren, sie besuchte noch die Hauptschule.
Dann dieses fürchterliche Erlebnis mit Onkel Wilfried. Er schlief wieder einmal aus während ihre Mutter bereits im Supermarkt an der Kasse arbeitete. Als sie gerade zur Schule gehen wollte hielt er sie zurück und zerrte sie mit ins Schlafzimmer. An das was dann passierte wollte sie sich nie wieder erinnern und sie schämte sich in ihrer Verschwiegenheit für etwas, dass ihr zugefügt worden war. Sie machte Ihre Mutter intuitiv für die Schutzlosigkeit verantwortlich, die diese Tat ermöglicht hatte. Seit jenem morgen war etwas anders geworden in der ohnehin gespannten Beziehung zu ihrer Mutter, die ja eigentlich nie für Angelikas, so war ihr richtiger Vorname, Probleme Zeit und Gehör gefunden hatte. Ihre Mutter spürte in der Folgezeit die Veränderung bei Angie's Verhalten und zog aus Angst vor der Wahrheit und ohne je das Gespräch mit Angie zu suchen die Konsequenzen und trennte sich von Wilfried.
Mit 16 dann, so früh wie möglich, verließ Angie die viel zu kleine Wohnung in Münster, um in Berlin die „Große Freiheit" und die Hoffnung auf eine eigene Zukunft zu leben. Was folgte war, was immer folgt, wenn Träume und Großstadtrealität sich in einer Person trafen.
Angelika jobbte in einem kleinen Bistro am Kuhdamm und wurde bald von einem „Agenten" entdeckt.
Dieser entpuppte sich allerdings bald, ihre Freundschaft war rasch intim geworden, als Besitzer des „ALCATRAZ", eines leidlich verrufenen Strip-Schuppens.

62

Mit 16 Jahren und 3 Monaten stand Angie, die sich als 19-Jährige ausgab, das erste Mal vor dem gierig gaffenden männlichen Publikum und lies die Hüllen fallen.
Jonny ließ Angie jedoch ebenso fallen, als er 7 Wochen später seine Neuentdeckung „Nancy" dem Publikum vorstellte.
Wieder auf der Straße wurde sie von Ingo bei sich aufgenommen, einem einfachen Kerl, der seinen Lebensunterhalt damit verdiente, wie er zugab, dass er gelegentlich schwarz Taxi und LKW fuhr, sonst aber von Sozialhilfe lebte. Es folgten 3,5 Jahre in denen sie mehr schlecht als recht von Ingos Jobs und Angie`s Gelegenheitsarbeiten lebten. Dem täglichen Kampf um´s Geld folgten die abendlichen Besuche in den diversen Stammkneipen. Der sich nach Monaten entwickelnden Intimität folgte die gegenseitige Gleichgültigkeit. Nächtliche Zärtlichkeiten wurden vom 24h Alkoholismus abgelöst, unterbrochen durch eine endlose Kette von Streitigkeiten um Geld. Ingo brachte schließlich von Zeit zu Zeit andere Mädchen mit nach Hause und Angie revanchierte sich mit One-Night-Stands, ohne ihre Sehnsucht nach Geborgenheit und Liebe befriedigen zu können.
Dann eines morgens dies laute Pochen an der Tür, das Splittern von Holz und das Bersten von Metall als das Sondereinsatzkommando ihre Wohnung stürmte.
Ingo, wie Angie überrascht erfahren mußte, war für einem Ring von Waffenhändlern als Fahrer tätig gewesen und im Rahmen von Ermittlungen um den Tod eines arabischen Kaufmanns in die Fänge der Justiz geraten.
Peter Wilks war in diesem Fall der ermittelnde Kommissar gewesen und hatte sehr schnell herausgefunden, dass Angie tatsächlich von Ingos illegalem Tun nichts wusste.

63

Während der Verhöre entwickelte sich dann zunächst eine väterlich fürsorgliche Sympathie seitens Peter für diese alkoholabhängige Pussy, wie seine Kollegen Angie nannten. Aus Sympathie wurde Zuneigung und aus Zuneigung Liebe, eine Liebe, die es erreichte, dass Angie auf Therapie ging und ein für allemal dem Alkohol entsagte.
Peter half ihr auch dabei, in der Abendrealschule die Mittlere Reife nachzuholen und ihre Ausbildung als Fremdsprachenkorrespondentin abzuschließen und eine Sekretariatsstelle im Polizeipräsidium zu erhalten.
Es folgte für Angie die wohl geborgenste und glücklichste Zeit ihres Lebens.
Peter hingegen begann mehr und mehr den Beruf in den Vordergrund zu stellen. Leidenschaftliche Nächte wurden zunehmend von Nächten mit Überstunden ersetzt. Angie sehnte sich irgendwann nach Kindern, Peter hingegen hatte noch so viel zu im Leben zu erreichen, wie er glaubte. Dann kam dieser Urlaub vor 4 Jahren. Eigentlich hatten sie sich beide darauf gefreut, in der Hoffnung, in ihrer Beziehung wieder etwas von diesem Feuer der Leidenschaft aus den Anfängen auflodern lassen zu können. Aus Gründen, die er selbst nicht zu interpretieren wußte, sagte Peter damals aus beruflichen Gründen kurzfristig ab und schickte Angie alleine in die Karibik.
Der Fall irgendeiner international tätigen Falschgeldbande war ihm willkommenes Alibi gewesen.
Es kam dann, was kommen mußte. Verletzt und enttäuscht hatte sich Angie Trost in den Armen von Patrick, dem Animateur des Clubs, gesucht, aber nicht gefunden. Wieder zu Hause, hatte sie Peter diese fehlgeschlagene Romanze gebeichtet, in der Hoffnung, dass Peters Liebe stärker als der Schmerz aus dieser Verfehlung sein wür-

64

de. Alles kam jedoch anders. Peter gab sich sehr verletzt und verließ schließlich Angelika.

Seit dieser Zeit aber fragte er sich immer wieder, was damals der Grund dafür war, dass er sie verlassen hatte. War es wirklich nur Angie`s Fehltritt gewesen oder lag die wahre Ursache in ihm selbst. Hatte er nicht Angst vor der Umklammerung gehabt, die das Wort Familie für ihn auszudrücken schien, Angst vor einer Verantwortung, die Kinder zu haben bedeutete, die er noch nicht zu tragen bereit gewesen war? Je länger er allerdings von Angie getrennt lebte, um so mehr vermisste er sie. Die Arbeit war zur Alltagsroutine erstarrt und das Leben bestand neben dem Beruf aus Einsamkeit mit Singlefreuden. Hie und da ein kleines Abenteuer, mal mit, mal ohne Sex, Liebe stellte sich aber nicht ein, dafür Sehnsucht nach Gia oder Angie, wie er Angelika zu nennen pflegte, als sie damals zusammenlebten. Sie war seine einzige wahre große Liebe gewesen. Dies „gewesen" ließ ihm allerdings keine Ruhe. Mit der Zeit akzeptierte er es immer weniger.

Er liebte Gia noch immer und sonderbarerweise wuchs dieses Gefühl für sie noch. Auf der Straße war wenig Verkehr und Peter konnte sich ausgiebig dieser Phantasie widmen. Er hatte Lust auf Gia und zwang sich, an etwas anderes zu denken, als er merkte, dass seine Männlichkeit auf diese Vorstellung zu reagieren begann.

Als er aus dieser Trance erwachte, stellte er fest, dass ihn seine Fahrt zu Gia`s Wohnung in dem kleinen Doppelhaus am Rande von Frankfurt geführt hatte.

Er suchte die Bestätigung, dass sie gestern Abend alleine geblieben war und stellte befriedigt fest, dass nur ihr Auto in der zur Wohnung gehörenden Doppelgarage

65

stand. Es war zwar kein Beweis dafür, dass sie jetzt alleine im Bett lag, seiner Eifersucht half es aber trotzdem.
Hätte er geahnt, dass sie zu diesem Zeitpunkt noch wach war und eine von diesen vielen Nächten hinter sich brachte, in denen sie wieder einmal versuchte, sich über ihre Wünsche, Hoffnungen und ihre Beziehung zu ihm klarzuwerden, wäre er vermutlich ohne zu Zögern zur Klingel ihres Appartements gegangen und hätte ihr seine Liebe eingestanden.
Diese Nacht übergab dem Morgen aber nur zwei Menschen voller ungewisser Sehnsüchte und Ängste.

Kapitel 14   „Der Firewall"

Enttäuscht war er eigentlich nicht, er hatte so etwas erwartet. Peter hatte einen Versuch gestartet, etwas mehr über „Brainstorm" oder besser gesagt über dessen Programmierer zu erfahren.
Es gab keine Adresse im Internet, unter der man eine Homepage[1] ausfindig machen konnte. Der Autor respektive die Autoren von Brainstorm waren Koryphäen ihres Metiers, ob Profi oder Hobbyist. Sie besaßen keine eigene Anschrift im Net, legten aber unter stets wechselnden SERVERN[2] den Suchverweis auf ihr Spiel ab, der gleichzeitig von einem zeitweilig aktualisierten Inhaltsverzeichnis im Net begleitet wurde. Brainstorm änderte somit von den Anwendern unbemerkt ständig seinen Ausgangspunkt im Netz.
Dies bedeutete, dass Brainstorm am Net parasitierte. Noch komplizierter wurde es, die Antworten der Mitspieler zur sozusagen Zentrale zurückzubringen, ohne dass man deren Weg nachvollziehen konnte. Im Net „fuhr" sozusagen ständig ein Datenleercontainer, der blitzschnell die Eingaben für Brainstorm bei den entsprechenden Servern abholte, diese verschlüsselte und dann unter anderem Namen an wechselnde Server übermittelte, von wo sie die „Spielemacher" nach einem algorithmischen[3] Schlüssel auslasen. Peter hatte nach mehrtägiger, anstrengendster Programmierarbeit eine

---

[1] HOMEPAGE: Anschrift im Internet, die den Absender von E-mails bzw. Angebotsseiten kennzeichnet
[2] SERVER: Zentraler Einspeiscomputer/Knotenpunkt im IN.
[3] ALGORITMUS: Mathematisch sich wandelnde Logik-Routine

Abfangroutine für diesen „Container" entwickelt, was bedeuten sollte, dass in dieser „Wagen" sozusagen zum Herausgeber des Spiels bringen sollte. Dies geschah, indem sein Virus[4] den zurückgelegten Weg des Informationspakets alle 10 Sekunden ins Netz an Peters Codeanschrift meldete. Der Haken an der Sache war allerdings, dass Brainstorm alle 5 Minuten seinen Boten änderte. Der Faktor Zeit würde sozusagen der für die Ermittlung der Spielprogrammierer limitierender Faktor sein. Die Informationen über den zurückgelegten Pfad wurden an einer von ihm angegebenen codierten Adresse abgespeichert. Von dem Moment an dem er diese Information erhielt hatte er im besten Fall 5 Minuten Zeit, den Ausgangscomputer anzusprechen und Informationen aus ihm hervorzulocken.
Nach 11 Tagen hatte er es geschafft und war für 49 Sekunden sozusagen vor der Tür des gegnerischen „Schlosses" gestanden. Die „Zugbrücke" war allerdings nach oben gezogen und gut bewacht. In Fachkreisen sprach man von FIREWALL[5]. Hier war Endstation für Peter gewesen, er hatte allerdings einen Server in der Karibik damit lokalisiert. Was ihn ärgerte war aber, dass er es mit einem Firewall mit Angriffslog zu tun gehabt hatte, dass hieß, sein Programmierer war jetzt darüber informiert, dass es einen Versuch gegeben hatte, ins System einzudringen. So gewarnt mußte er feststellen, dass sein Jagdobjekt sofort die Zeitmaske auf 4 Minuten geändert hatte, was bedeutete, dass Peters Programm koplett neu auf-

---

[4] VIRUS: Kleines Programm, dass unbemerkt in ein Hauptprogramm eindringt und Veränderungen vornimmt
[5] FIREWALL: Soft-bzw. Hardware-Abschottung, die unbefugtes Eindringen in Computer bzw. Computersysteme verhindern soll

bereitet werden mußte, was ca. 4-5 Tage dauern würde. Er nahm die Herausforderung an.

Kapitel 15 „**Die Gewissheit**"

Der Fren starb qualvoll und dennoch schnell.
Peter triumphierte und fühlte zum ersten Mal seit langem in seinem Beruf eine innere Befriedigung, als er diesen Todesfall studierte.
Das Sprenggeschoß hatte Hiunda die Eingeweide zerrissen und die orangefarbene Verdauungsflüssigkeit hatte sich über seinen Reit-Ork entleert.
Der Brainstorm - Programmierer hatte seinen Köder geschluckt. Der Tod des Fren auf dem Planeten Lair war die Abstraktion von Peters „getürktem" Verbrechens im POLNET. „Ich kriege Dich, das schwör ich Dir!" murmelte Peter vor sich hin.
Peter war stolz und wütend zugleich. Stolz, dass seine gestellte Falle zugeschlagen hatte und wütend, weil jemand dies „FORT KNOX" der Netze, das POL-NET geknackt hatte.
„Ich kriege Dich, Du verdammter Misthund"
wiederholte sich der Satz in seinen Gedanken. Vor drei Tagen hatte er die Datenbänke des PN kontrolliert und zu seiner Zufriedenheit festgestellt, dass sie sich wieder in dem Zustand befanden, den sie vor seiner Aktion gehabt hatten. Einerseits war ihm ein Stein vom Herzen gefallen, da offensichtlich niemand sein kleines Meisterstück entdeckt hatte, andererseits hatte er die Hoffnung aufgegeben, dass in der Zwischenzeit jemand seinen Fall „gefressen" hatte.
Nun galt es also einen Eindringling ausfindig zu machen, von dem man wußte, dass er ein absoluter Könner auf dem Gebiet der Netzwerkanalytik war und der oder die sich einen Spaß daraus machten die Realität des Verbre-

chens in die Fiktion eines Spiels umzuarbeiten oder steckte etwas anderes dahinter?

Kapitel 16   „Der Kampf beginnt"

Sabrina´s Worte gingen Ralf immer wieder durch den Sinn:
„Warum immer nur der Eine als Held?",
Sie meinte Jedy.
Hatten die Mörder all dieser fast als exzentrisch zu bezeichnenden Verbrechen einen Kern ihres Wesens oder ihrer Entwicklung gemein und was war es oder was war die Ursache in der Reifung eines Menschen, die ihn zu solcherlei Taten befähigte oder die ihn dazu verfluchte? Waren es private Motive, Rache, Eifersucht; waren es Auftragstaten; war es Politik? Irgendwie empfand Ralf eine schicksalhafte Verquickung mit dem „Wesen" der Tat bzw. mit den Tätern. Eine vage Hoffnung sagte ihm, dass er der Lösung seiner selbst gestellten Aufgabe, der Analyse der Mentalität des Verbrechens ganz nah sei und gerade jetzt mußte Ralf sich dem Kampf um sein Werk stellen.
Er wurde verfolgt.
Verfolgt nicht im Sinne einer Jagd durch Straßen, das Hetzen zwischen U-Bahnschächten und Jagden auf Autobahnen, er wurde verfolgt im Netzwerk der Computer, auf den Datenautobahnen in den Verkehrsströmen von Bits und Bites. Man hatte die Jagd auf ihn eröffnet.
Sie hatten ihn in die Falle gelockt. Irgend etwas war an der letzten Tat, die er für Brainstorm verarbeitet hatte atypisch gewesen. Zu spät. Das verwendete Kaliber bei dem Mord in Sydney war zu klein gewesen, um ein Sprenggeschoß verschießen zu können und als er nochmals ein paar Informationen abrufen wollte war die Tat unauffindbar gewesen. Man hatte ihn also mit einem fin-

72

gierten Verbrechen geködert und jetzt machte es auch Sinn, dass Ralf vor einigen Tagen festgestellt hatte, dass jemand in sein System einzudringen versucht hatte.
Ralf wußte, was er immer schon befürchtet hatte, dass seine heimlichen Aktivitäten im POL-NET nicht mehr heimlich sein würden.
„Nun gut, wenn Du willst, kannst Du Deine Schlacht haben, wir werden ja sehen, wer der Bessere von uns ist!"

Er machte seine Verfolger zu einem einzigen Feind, weil er mit diesem Bild des Kampfes Mann gegen Mann besser zurecht kam. Er ahnte noch nicht, wie recht er mit seiner Vorstellung lag, es mit nur einem Gegner zu tun zu haben.

Kapitel 17 „Der Feiertag"

Paulo Mendez starb im Bruchteil einer Sekunde!
Seine entzückende Begleiterin Arancha Lopez stand da in der Menge der Zuschauer, die sie umgeben hatten, die jetzt in wild schreiender Panik davon stürmten. Sie starrte mit leeren Augen auf den Körper, der neben ihr auf den Stühlen des Stadions zusammengebrochen kauerte und auf dessen Schultern sich dieser Kopf ohne Gesicht befand aus dessen nicht enden wollendem Körper-Reservoir Unmengen von Blut hervorquollen.
Alles um sie herum verlief in Zeitlupe und erst als ihr Verstand die Tür zum Begreifen einen Spalt weit öffnete, hörte sie sich selbst wie aus weiter Ferne das Entsetzen in einem Aufschrei von Körper und Seele zusammenfassen.
Minuten später herbeieilende Sicherheitskräfte und Sanitäter fanden neben der Leiche von Paolo eine Arancha, die in einem herrlichen türkisfarbenen Sommerkleid mit Rüschen übersät mit Flecken aus Blut und Stücken von Paulo`s Schädelknochen wimmernd am Boden saß.
Wie schön hatte dieser Sonntag doch begonnen gehabt.
Morgens das Sektfrühstück mit Bekannten auf der Hazienda von Paolo, die Nacht davor gefüllt mit den Entzückungen körperlicher Zärtlichkeiten, ausgetauscht in der Glückseligkeit einer jungen Liebe. Dann die Fahrt durch die sonntäglich ruhende Vorstadt in die City in Paolo`s Cabriolet zum Stadion, das die fast 50 000 Besucher aufgenommen hatte, die Tanzgruppen zur Feier des Karneval-Auftakts in deren bunt schillernden Kostümen erwartet hatten.

74

Conchita Caballero`s begnadete Stimme hatte soeben unter Trommelwirbel die Nationalhymne angestimmt und zumindest die geladenen Gäste auf der Ehrentribüne standen, schweigend die rechte Hand über dem Herzen in patriotischer Haltung.
Daran anschließend hätte eine kurze Dankesrede des Präsidenten ein großes Feuerwerk eingeleitet und die Straßen um das Stadion hätten schließlich zu Adern pulsierenden Lebens und tanzender Freude werden sollen.
Alles kam nun aber anders.
Die Nationalgarde sperrte Straßen, nachdem der Präsident mit dem Hubschrauber in sein Quartier evakuiert worden war, Posten wurden errichtet, Menschen kontrolliert und verhaftet. Man hatte angenommen, dass der Mord als ein politisches Attentat auf den höchsten Repräsentanten des Landes geplant war und irrtümlich diesen angesehenen Arzt und Vertreter der Oberschicht des Landes getroffen hatte, der sich nur wenige Meter neben der Loge des Landesoberhauptes befunden hatte.

Kapitel 18 „**Das Werkzeug des Schreckens**"

Ralf grübelte.
Was er las mutete ihn an wie ein „Déja Vue".
Im Net war ein neuer Fall aufgetaucht und er hatte sich in den örtlichen Netzwerken der damit befassten Polizeistationen , die diesen Fall ans PN übergeben hatten zuvor rückversichert, dass dies Verbrechen tatsächlich auch vor Ort geschehen war. Ralf war vorsichtig geworden. Er schätzte, dass man ihn verfolgte, die Mühe aber alle beteiligten Computersysteme die bei einem Verbrechen involviert waren zu manipulieren, um ihm eine Falle mittels erfundener Verbrechen zu stellen, schien ihm vom Aufwand her eher unwahrscheinlich. Dennoch, er wurde vorsichtiger und bestätigte, wo immer er es nur konnte, die Morde. Des weiteren wartete er jetzt meist ein paar Stunden oder Tage, und fragte dann die Tat erneut ab, um sicher zu sein, dass diese real existierten. In letzter Zeit war ihm dabei aber manchmal die Presse mit ihren Mitteilungen zuvor gekommen. Morde, die dergestalt auftauchten waren als authentisch anzusehen, konnten aber nur noch für Brainstorm eingesetzt werden, wenn die Presse die wichtigsten Details der Taten nicht preisgab. Auf diese Weise war ihm schon der eine oder andere interessante Mord durch „die Lappen" gegangen.
„Nun gut!", „mal sehen, was wir da haben?"
Er öffnete mit einer Tastaturkombination die Datenbank aller Fälle, die bereits Bestandteil von Brainstorm waren und sortierte sie schnell nach Opfern, Tatwaffen und anderen Kriterien, die der Ordnung der Erkenntnisse der ermittelnden Dienststellen entsprachen, die sich in aller Welt auf diese Norm der Datenerfassung geeinigt hatten.

76

Die äußere Ebene befasste sich mit Tatzeugen und irgendwie trieb ihn die Tiefe einer Erinnerung dazu, die Namen der Opfer und Zeugen zu vergleichen.
Eine ¼ Std. später triumphierte er innerlich.
„Ich hab`s gewußt!"
Er war erregt. Sein Körper kribbelte und dies Gefühl des Erfolgs ließ sein sonst wenig emotional reiches Leben einen Höhepunkt empfinden.
Seine Behinderung dämpfte ja in aller Regel allzu stürmische Gefühlsausbrüche, die mit körperlichen Reaktionen, wie sie nicht behinderte Menschen oft in der Entzückung des Augenblicks erfuhren, einhergingen.
Wie gerne wäre er jetzt aufgestanden und hätte wie früher einen Schrei der Begeisterung ausgestoßen und wäre dabei gleichzeitig in die Höhe gehüpft.
Paulo Mendez, jetzt Opfer war damals auf der Gästeliste von Enrico Alvarez gestanden, der auf nahezu identische Art und Weise vor nunmehr fast einem Jahr ums Leben gekommen war.
Die Presse hatte gemutmaßt, dass der Angriff wohl dem Präsidenten gegolten hatte, für Ralf gab es aber noch eine andere Möglichkeit :
"Sie irren sich!"
Mendez war vom Täter als Opfer gewählt worden und perfekt vorbereitet mit unglaublicher Präzision der Ausführung getötet worden. Ein Täter, der auf solch enorme Entfernung mit dem ersten Schuß sein Opfer fand, täuschte sich nicht. Die Duplizität der Tatausführung lenkte Ralf`s Gedanken und logische Analysen in diese Richtung. Endlich hatte er einen Ansatz, der ihm half, nicht nur das Wesen der Tat, sondern auch das Werkzeug solcher Menschen näher zu bestimmen.

77

Das Stadium maß 300 M im Quer-Durchmesser zur Tribüne der Honoratioren. Die nächsten Gebäude, darunter auch international angesehene Hotels, waren weitere 250-300 M entfernt, wie er sich anhand der abgefragten Stadtpläne überzeugt hatte. Der Schütze hatte somit ca. 700m Schußdistanz überbrückt, da er wohl nicht aus den Reihen der Zuschauer unbemerkt hätte schießen und fliehen können.
700 m bei garantiertem Treffer war nun der Kern von Ralf's Interesse. Das „Wesen der Tat" im Hinblick auf die Ausrüstung des Täters mußte geklärt werden.
Nun galt es Literatur zu sichten. Ralf hatte ein gewaltiges Archiv, das Waffen aller Art zum Gegenstand hatte. Auch hatte er über die Jahre hinweg eine Unmenge Artikel der verschiedenen Schützen- und Militärverbände gesammelt, auf Ausstellungen und Messen Informationen zusammengetragen und diverse Datenbänke gehackt, in denen er die „Erlkönige"[1] diverser Waffenfirmen aufgestöbert hatte. Mit welcher Waffe konnte ein Spezialist so etwas fertig bringen. 700m.
Kein SNIPER[2] bei Militär und Polizei wagte sich an solch eine Einsatzentfernung heran, wenn die Größe des Ziels nicht mindestens 25 x 25 cm entsprach. Grundvoraussetzung war ein extrem rasantes[3] Geschoß, dessen ge-

---

[1] ERLKÖNIG: Begriff, der in der Automobilbranche verwendet wird, um noch nicht der Öffentlichkeit vorge
stellte Prototypen zu bezeichnen.
[2] SNIPER: Ursprünglich militärisch oder polizeilich eingesetzter Scharfschütze
[3] RASANZ: Bezeichnung für die Krümmung der Flugbahn eines Geschosses: Je schneller ein leichtes Pro
jektil fliegt, desto geradliniger ist die Flugbahn

samte Flugbahn im Idealfall auf diese Entfernung die Größe des Ziels nicht überschreitet.
Welche Munition gab es nun auf der Welt, die zwischen dem höchsten und tiefsten Punkt ihrer Flugbahn die Ausdehnung eines Kopfes nicht überschritt?
Keine kommerziell hergestellte Munition, das war sicher.
Also mußte der Schütze seine Patronen selbst herstellen bzw. wiederladen, d. h. er kombinierte Hülse, Geschoß und Treibladung selbst Ein Verfahren, welches von nahezu allen sportlich ambitionierten Präzisionsschützen angewendet wird, welches aber im Polizei-oder Militäreinsatz keine Anwendung findet.
Ralf war gerade so weit in seiner Analyse gekommen, dass er die unterschiedlichen, ihm bekannten LABORIERUNGEN[4] im Kopf durchspielte, als das Telefon klingelte.
„Hallo Sabrina!" „Selbstverständlich habe ich heute Zeit".
Ihre Stimme am anderen Ende der Leitung zitterte und er fühlte intuitiv, dass sie seine Hilfe brauchte.
„Warum weinst Du?"
Ein Freier hatte sie misshandelt und sie brauchte jetzt jemanden, bei dem sie sich aussprechen konnte. Ralf liebte sie wirklich, wie er sich mehr und mehr darüber im Klaren wurde und es machte ihn glücklich und stolz zugleich, dass er neben seiner selbst erwählten Arbeit auch noch einen Menschen in seiner Nähe wusste, um den er sich kümmern konnte, der Vertrauen zu ihm, einem Behinderten, hatte und zu dem auch er Vertrauen empfand. Zweifel nagten allerdings stets an ihm, ob eine solche

---

[4] LABORIERUNG: Sammelbegriff für selbst hergestellte Munition unterschiedlicher Präzision und Leistung

Beziehung auf Dauer gutgehen könnte und so scheute er sich innerlich immer wieder diesen Gedanken an ein gemeinsames Leben mit Sabrina zu Ende zu denken. Eine Basis aus Mitleid wäre keine Grundlage für eine gemeinsame Zukunft und darüber mussten sie beide sich erst selbst klar werden.
Sabrina würde in 20 Minuten bei ihm sein. Er legte den Hörer auf und beendete seine Computerverbindung zum Net. Er speicherte seine Arbeit, schloss seine Arbeitsdateien und schaltete den Computer aus.
Mach IV, so weit war er in seiner Analyse gekommen. Mach IV, ein Artikel in einer US- Waffenzeitschrift, würde ihm evtl. helfen können.
Trotzdem verdrängte er jetzt diesen Gedanken. Sabrina war wichtig und Brainstorm mußte jetzt einfach warten bis morgen. Er war nicht bereit, nochmals denselben Fehler zu begehen wie damals bei Kathrin, als er noch gesund gewesen war, die Arbeit aber dem Menschen vorangestellt hatte. Ralf rollte in die Küche und setzte Kaffee auf, nachdem er das Fenster in seinem Arbeitszimmer zum Lüften geöffnet hatte. Seine Gedanken wandten sich Sabrina zu.

Kapitel 19   „V" wie Visier

Backstage hatte über ein Attentat in Kolumbien berichtet, bei dem wohl unbeabsichtigt ein renommierter Arzt ums Leben gekommen war.
Peter drückte auf die rote Taste der Fernsteuerung und mit einem Knistern wurde der Bildschirm dunkel.
Er trank einen Schluck aus der Bierflasche, die dem Wurstbrot, dass er auf dem Teller vor sich stehen hatte, Gesellschaft leistete.
Gegen 1930 Uhr war er heute reichlich müde aus dem Büro gekommen. Den Fernseher, wie bei so vielen, der „Kumpel" gegen die Einsamkeit, hatte er gleich beim Betreten seiner Wohnung eingeschaltet, um die Leere nicht fühlen zu müssen.
Paolo Mendez. Der Tote hieß Paolo Mendez. Der Name war nicht genannt worden. Peter kannte ihn dennoch aus den Unterlagen, die er vor zwei Tagen im PN aufbereitet hatte. Es war wieder einmal einer von diesen Fällen, die für gewöhnlich nicht aufgeklärt werden würden. Zu wenig Indizien und Hinweise. Die ermittelnden Behörden hatten zwar an die 15 Verdächtige verhaftet, eine heiße Spur gab es aber nach zwei Tagen noch nicht und 11 der Verhafteten waren bereits wieder auf freiem Fuß. Die anderen würden sicher in den nächsten Tagen entlassen und es war unwahrscheinlich, so sagte ihm seine Erfahrung, dass völlig ohne Beweisstücke, die wenigen in der Leiche sichergestellten Geschosssplitter ergaben keinen Hinweis, irgend ein Täter ermittelt werden würde.
„Mal sehen, was mein Freund so treibt!"
murmelte er in Gedanken. Peter stand auf, ging in seine Arbeitsecke und nahm dann wieder vor seinem PC Platz.

81

Surrend erwachten die einzelnen Komponenten zum Leben: die Laufwerke, der Monitor erhellte sich, die Festplatte lief an und das Modem wurde initialisiert.
Minuten später war er bei Brainstorm als Spieler in Aktion. dass dieses Verbrechen bereits den Weg dorthin gefunden hatte wunderte ihn nicht, was ihn erstaunte war die Tatsache, dass die Autoren oder der Autor des Spieles nicht nur begnadete Hacker zu sein schienen, die sein Baby geknackt hatten, nein, die den Mitspielern gegebenen Möglichkeiten an Alternativen eine Aufgabe zu lösen, deuteten darüber hinaus auch darauf hin, dass die Veranstalter über eine gewaltige Informationsfülle an Polizeiwissen und Kenntnissen über Schusswaffen aller Art verfügten.
Peter ertappte sich manchmal schon bei dem Gedanken, dass einer seiner Kollegen in diesem geheimnisvoll aktuellen Spiel die Fäden in der Hand hielt.
Er mußte den Spielführer finden.
Gestern hatte er in Brainstorm einen interessanten Ansatz gefunden. Die Macher hatten offensichtlich ihre eigenen, exzellenten und fundierten Kenntnisse über Tatwerkzeuge, Waffen , Ballistik u.a. in ihr Spiel eingebracht und mit Mach IV einen realistischen Ansatz einer möglichen Tatausführung geliefert.
Paolo Mendez schien der Fall zu sein, der mangels echter Informationen deren Interesse und Know How reizten.
Sie hatten einen futuristischen Lösungsansatz für ihre Aufgabe gewählt, der über einen wahrscheinlich realistischen Kern verfügte.
Peter hatte zwar gerüchteweise etwas von einer solchen Zieleinrichtung gehört, konkrete Informationen waren ihm aber diesbezüglich bislang noch nicht zugegangen.
Die Rede war von einem VIDEOVISIER. Ein Visier,

82

welches die Entfernung zum Ziel mittels Lasertechnik maß, den Wind über zugeordnete Telesensoren mitkalkulierte, ballistische Abweichungen des Geschosses tabellarisch korrigierte ,den Luftdruck und den Neigungswinkel der Waffe mit berechnete und somit die Möglichkeit eröffnete, auf Einsatzentfernungen von über 500 M mit dem ersten Schuß einen Treffer in einen Kreis von 9x9 cm anzubringen.
Es war das miniaturisierte Pendant zu modernsten Zielvorrichtungen heutiger Panzer.
Sollte es dies Visier bereits tatsächlich geben? War der echte Schütze damit ausgerüstet gewesen?
Was wussten die Macher von Brainstorm darüber, das er nicht wusste? Peter öffnete seinen Zugang zu diversen Aservaten-Archiven und begann mit der Suche unter „V", wie Visier.

Kapitel 20 „Zwei Menschen"

Der Regen trommelte gegen die Fensterscheibe des Wagens. In den feuchten Schleiern tauchten immer wieder die diffusen Lichtfächer der ihnen entgegenkommenden Fahrzeuge auf. Ralf liebte dieses Fahren in der regnerischen Dämmerung der Landstraße nicht sehr, bedeutete es doch eine zusätzliche Belastung zur Kompliziertheit des Fahrens mit seinem ausschließlich von Hand zu bedienenden Auto.
Sabrina saß neben ihm und langsam gewann sie wieder zutrauen zu ihrem Leben. Es kam nicht häufig vor, dass sie über ihr Dasein sinnierte, über ihr Tun, die Menschen als solche und ihre enttäuschten Sehnsüchte und Hoffnungen, doch irgendwann einmal ein ganz bürgerliches Leben führen zu dürfen.
Nur ganz bestimmte Erniedrigungen waren dazu angetan, ihre über die Jahre hinweg aufgebaute abweisende innere Hülle zu durchdringen, die ihr verletzliches Wesen schützte, und welche man so oft bei Menschen ihres Metiers findet, die damit den Verlust ihres Ich zu verhindern suchen.
Es war nicht der von ihr gekaufte Sex mit all seinen Variationen. Das war eine Dienstleistung, nicht mehr und sie wurde gut honoriert. Es waren nicht die diversen Spiele, bei denen manche Kunden je nach Neigung es bevorzugten gefesselt zu werden oder zu fesseln.
Es war nicht die angedeutete „Bestrafung", wie sie andere Kunden mit Sado-Maso-Neigungen mochten. Nein, das alles war nicht dazu geeignet, sie aus ihrer Gefühls- und Lebensbahn zu werfen.
Es war die unvermittelte, rohe Gewalt.

84

Es war der Kunde, der plötzlich die Kontrolle über seine Phantasien verlor, der Kunde, der brutal zuschlug, der verletzte und der krankhafte Aggressionen auslebte.
„Dieser Scheißkerl",
schluchzte sie nochmals.
Ralf schob seine Hand zu ihr herüber, wie sie da mit ihren angezogenen Knien, um die sie ihre Arme geschlungen hatte, auf dem Beifahrersitz saß. Ihre Unterlippe war geschwollen und unterhalb ihres linken Auges hatte sich ein grünlich-schwarzes Hämatom gebildet.
Mit Weinen hatte schon kurz nachdem sie seine Wohnung verlassen hatten aufgehört.
Er hatte sich ihre Geschichte schweigend angehört und einzig ihren Kopf an seine Schulter gezogen, um ihr dort Ruhe und Geborgenheit zu gewähren.
„Ich bin froh, dass Du ja gesagt hast!",
gab er zur Antwort, ohne weiter auf ihre trüben Gedanken einzugehen. Er hielt es für das Beste, im Augenblick nicht intensiver darüber zu sprechen.
„Ich bin für Dich da und freue mich so sehr darüber, dass wir heute Abend zusammen sein können!" „Du weißt ja überhaupt nicht, was es für mich bedeutet, dass Du ausgerechnet mir die Chance gibst, Dir meine Hilfe anzubieten."
Es war seine Idee gewesen, zu jener kleinen Pension in der Nähe von Heidelberg zu fahren, in der sie letzten Sommer einen wunderschönen zärtlichen Nachmittag verbracht hatten, als sie ihn anlässlich eines 14-tägigen Aufenthaltes in einem Sanatorium für Behinderte so unerwartet besucht hatte. Er war damals mit seinen Nerven am Ende gewesen, als er sich in diesem Heer Behinderter seiner eigenen Behinderung als Vertreter einer eigenen Kaste, der Rollstuhlfahrer, bewusst geworden war.

85

Ralf freute sich trotz der Umstände auf diesen Ort und gleichzeitig verspürte er auch Angst davor. Da war es: Das Schild Gästehaus „GABRIEL" tauchte dürftig beleuchtet am Straßenrand auf.
Er blinkte rechts, bog in den kleinen Weg ein, der sich jetzt noch 150 m den Hang hinaufzog und wenige Augenblicke später standen sie mit ihrem Wagen vor dem Haupthaus, das eingebettet in die es umgebenden Weinberge kauerte.
Herr Gabriel selbst kam ihnen entgegen und fragte, ob er ihnen behilflich sein könne. Ralf nahm dieses Angebot gerne an und so waren sie schon wenige Minuten später im Haus und konnten sich in der Trockenheit des Aufenthaltsraums wärmen. Ihr Zimmer lag ebenerdig dem Tal zugewandt und sie konnten durch die großen Fenster über das Rheintal bis fast nach Mannheim die Lichter verfolgen.
„Abendessen gibt es in einer ¾ Std., sie essen doch sicherlich mit!"
„Sehr gerne!"
antwortete Ralf und zog sich mit Sabrina in ihr Zimmer zurück.
Dies Haus war ein Geheimtip unter Rollstuhlfahrern. Es war komplett behindertengerecht eingerichtet und der Hausherr und die Hausherrin, beides ehemalige Krankenpfleger, waren mit allen Problemen dieser Mitmenschen bestens vertraut. Ralf hatte kurz bevor Sabrina zu ihm gekommen war dort angerufen und gebucht.
Mit Herrn Gabriel hatte er noch ein kleines Arrangement vereinbart, Sabrina wusste nichts davon.
Sie hatten sich umgezogen, frisch gemacht und betraten nun den Speiseraum. Am Fenster in der kleinen Nische waren zwei Kerzen angezündet und erleuchteten fla-

ckernd den Winkel. Auf der weißen Tischdecke befand sich ein kleiner Sektkühler mit einer „weiß gekleideten" ¾ Champagnerflasche MOET und zwei Gläsern.
Der Hausherr war wieder in der Küche verschwunden. Ralf rollte auf den Tisch zu, nahm das ihm nächste Glas und gab es Sabrina. Für sich selbst nahm er das gegenüberstehende Glas.
Das kleine Blumengesteck verströmte einen süßlichen Duft und Sabrina`s Stimmung erhellte sich etwas.
Den Klang der teuren Kristallgläser nahm Ralf kaum wahr in seiner inneren Aufregung. Als er sie fragte, ob sie seine Frau werden wolle, begann sie zu weinen, diesmal allerdings nicht aus Trauer, sondern vor Freude. Sie setzte sich auf den Rand seine Rollstuhls, umarmte ihn und flüsterte in sein Ohr:
"Schon lange", „ich hatte nur nicht gehofft, dass Du den Mut haben könntest, mich zu fragen".
Sie küssten sich und dem Dinner schloss sich eine Nacht voller Zärtlichkeit an. Das Leben kann doch so schön sein, waren Ralph`s letzte Gedanken vor dem Einschlafen. Sabrina lag schon tief träumend auf seiner Brust eingekuschelt.

Kapitel 21   **„Die Hochzeitsreise"**

Am 19. September heirateten Ralf und Sabrina im kleinsten Kreis in einer winzigen Kapelle im Pfälzer Wald bei Kaiserslautern.
Die Feier bestand eigentlich nur aus einem sehr schönen Essen im Waldhorn, einem exklusiven Feinschmecker-Restaurant mit französischer Küche.
Die Hochzeitsreise würde sie dann am nächsten Tag nach England führen. Ralf beabsichtigte Sabrina mit nach Bisley zu nehmen, der Gegend, die er relativ gut kannte, sein Hobby hatte ihn in der Vergangenheit ja bereits häufiger dorthin geführt. Hier wusste er um die Möglichkeiten, die sich ihm als Behinderten boten recht gut und Sabrina hatte sowieso einmal England bereisen gewollt, in kleinen Inns übernachten, am warmen Kamin kuscheln die feuchte Kühle des Abends nach draußen verbannend während die Gedanken und die Seele zur Ruhe finden.
Auch hatte sie überhaupt nichts dagegen, ihn bei einem gleichzeitig dort stattfindenden kleinen Wettbewerb, einem sogenannten „Freundschaftsschießen" zu begleiten.
Der Wettbewerb würde 2 Tage dauern und Ralf freute sich darauf, Sabrina als seine Frau vorstellen zu können.
Sabrina hatte aus ihrem bisherigen Leben, in dem sie oft auch „Beichtmutter" ihrer Kunden war die Weisheit gewonnen, dass man einen Partner im kompletten Wesen, Denken und Wünschen akzeptieren muss, um ihn durch die Freiheit seines Ichs in glücklicher Selbstverwirklichung zu binden. Dieses Binden war somit das Angebot an den anderen durch fortwährende Toleranz des:
„Du bist so, wie Du bist, und wie ich Dich liebe seit ich Dich kenne",

ohne den Wunsch nach Anpassung des Partners an das eigenen Wunschbild von ihm, um ihn so in Freiheit zum „Bleiben" zu animieren.
Natürlich hatte die Freiheit auch Grenzen. Dies waren die Grenzen, wo das Tun des einen den anderen verletzen würde. Um diese Grenzen nicht zu überschreiten, bzw. diese zu finden mußte man sie allerdings kennen.
Ihr Rezept war die Offenheit, ihre Wünsche zu besprechen. Eine Offenheit, die keine Tabus kannte, nicht im Alltäglichen und nicht im Exotischen, nicht bei finanziellen Problemen, nicht beim Sex, nicht beim Stolz und nicht bei der Scham. Sie hatten vorher gewusst, auf was sie sich einließen, sie waren erwachsen und das Leben hatte ihnen beiden viel abverlangt, sie aber auch vieles gelehrt.
Den Wettbewerben schlossen sich die üblichen geselligen Abende an, an denen man bei PINT[1] und HALF-PINT den Tag revue-passieren ließ. Alte Bekanntschaften wurden aufgefrischt, Schützenwissen und Schützenlatein ausgetauscht. Man redete über dies und jenes.
Ralf nutzte die Gelegenheit sich mit Peter Wilks zu unterhalten und sanft an die Unterhaltungen in der Vergangenheit anzuknüpfen.
Als Peter im Gespräch zu vorgerückter Stunde den Namen „Brainstorm" im Zusammenhang mit polizeilichen Nachforschungen erwähnte schrak Ralf unwillkürlich zusammen. Er war erschrocken, wie man erschrickt, wenn man beim Überholen mit dem Auto an einer unübersichtlichen Stelle sich plötzlich einem rasant entgegenkommenden Fahrzeug gegenüber sieht. Nur mit Mühe konnte

---

[1] PINT: Englisches Biermaß

er Fassung bewahren und Sabrina fragte ihn, was denn los sei?
Er gewann rasch die Fassung zurück und sprach von einem eingeklemmten Nerv im Nacken, der ihm den Atem genommen hätte. Seine Gedanken rasten allerdings.
War das sein Verfolger?
Dieser gesellige Kommissar, der in Bezug auf Computerwissen seinesgleichen suchte. Hatte er ihm diese Falle gestellt mit einem Verbrechen, das keines war und welches nur für wenige Stunden im POLNET aufgetaucht war?
Sollte dies bedeuten, dass Verfolgter und Verfolger zufälligerweise im selben Land Staatsbürger waren obwohl die Jagd in einem weltumspannenden Netz der Computerkommunikation stattfand?
Sollten sie sich hier als Bekannte, Freunde wäre wohl etwas zuviel gesagt gewesen, treffen und sich dort in einem Verhältnis wie Katz und Maus hetzen?
Ralf war kaum noch in der Lage, den Ausführungen von Peter zu folgen. In seinem Kopf drehte sich alles. Er suchte einen Grund, sich alsbald aus der Geselligkeit zu verabschieden und zog sich dann auf das Zimmer zurück.

Sabrina blieb noch etwas, sie fühlte sich wohl in dieser unvoreingenommenen Gemeinschaft sportlich ambitionierter Akzeptanz multikultureller und sozial vielschichtiger Teilnehmer.
Als sie 1 ½ Std. später nach oben zu Ralf aufs Zimmer kam, war er noch wach. Er lag im Halbdunkel auf dem Bett und war innerlich derart aufgerieben, dass sie ihn fragte, was denn los sei. Sie befürchtete, dass er eventuell eingeschnappt aus Eifersucht sei. Einer Eifersucht,

die ihre Liebe und ihr Verhältnis belasten könnte und vor der sie Angst hätte.
Sie hatten ja vorher gewusst, welcher Arbeit sie nachging und Ralf hatte ja keine Anzeichen dafür gegeben, dass er damit nicht zurecht kommen würde. Trotzdem hatte sie sich dahingehend entschlossen, ein „normales" Leben führen zu wollen. Sie beabsichtigte in den nächsten Monaten ihre vor Jahren angefangene Ausbildung zur Kosmetikerin abzuschließen und selbständig ein eigenes Geschäft zu führen. Jahrelang hatte sie dafür Geld auf die Seite gelegt und der Zeitpunkt der Veränderung rückte näher.
Als Ralf dann aber anfing, sein letztes, großes Geheimnis zu offenbaren, seine Arbeit an „Brainstorm", die Illegalität seines Tuns mit der für ihn befreienden Absicht der Darstellung eines bestimmten Täterprofils, streichelte sie ihm Kopf und Schläfen und nahm ihm die Sorge ob der Gefährlichkeit seiner Aktivitäten.
„Du mußt keine Angst haben", sagte sie. „Er wird Dich nicht finden" „Ich habe, so glaube ich herausgehört, als wir uns eben noch etwas weiter an der Bar unterhielten, dass ihm ein Zeitfaktor zu schaffen macht, der die Verfolgung in Computernetzen erheblich erschwert."
„Ich weiß", sagte Ralf. „Er kann im Augenblick noch nicht schnell genug im Netz analysieren, von welchem Server in der Welt die Information eingespeist wird".
„Er ist aber gefährlich!"
„Wenn er die Tat, fingiert hat, die ich vor kurzem im NET fand, die somit ein Lockvogel war, dann ist er gut, extrem gut!"
Es war die Wertschätzung eines Gegners herauszuhören, der für seinen Verfolger die Achtung der Gleichwertigkeit der Fähigkeiten verband.

91

„Ich will dieses Projekt beenden, ich muß, sonst war alles bisher sinnlos"
„Die Krönung meiner Arbeit wird sein, wenn ich am Computer einen der Mörder dingfest machen kann"
„Verstehst Du das, Sabrina?"
„Ich galube schon"
Sie ahnte, dass es für Ralf der Ersatz seiner verlorenen Mobilität war, die sich hier in der Form geistiger Beweglichkeit auslebte. Dieser Kitzel von geistiger Macht mit all ihrer Flexibilität,, die über das plumpe körperliche Wandeln erhaben sein würde. Es war der Kampf, den Ralf führte, um seine Behinderung anzunehmen mit all ihren Folgen. Sie wusste, dass er diese Freiheit brauchte, um sich selbst zu ertragen. Ertragen war ein hartes Wort, es war jedoch ehrlich und nur mit Ehrlichkeit konnte man weiterleben.
Katheter und Urinbeutel, Blasen-und Darm-kontrolle hatte man ebenso anzunehmen wie der Umstand, dass alles im Leben kompliziert wurde durch diese Behinderung.Es gab kein Entrinnen und keine Hoffnung, es gab nur Akzeptanz und Linderung aber keine Heilung.
Auch in dieser Nacht liebten sie sich auf ihre Weise und Ralf wusste nun endgültig, dass er nie wieder allein und einsam sein würde. Bisley ging am nächsten Tag zu Ende und erstmals verteilte der Veranstalter Teilnehmerlisten mit deren Anschriften aus. Man sollte sich auf nationaler Ebene gegebenenfalls kurzschließen können, wenn es galt, Interessen des Schießsports zu vertreten und Verbände eingeschaltet werden mussten.
Sabrina und Ralf brachen mit ihrem Mietwagen auf, Schottland stand auf ihren Fahnen, die Hochzeitsreise sollte sie durch über die gesamte Insel führen.

Kapitel 22 „Mach IV"

Ralf hatte seine Arbeit wieder aufgenommen.
Er ging seine Datenbestände durch und las nochmals alles an Artikeln und Informationen, über die er bezüglich Mach IV und der VIDEOVISIERE verfügte.
Er hatte den Ehrgeiz, einen Täter, der solcherlei Ausrüstung verwendete, zu finden, ihn wenigstens im Profil näher zu bestimmen.
Was auf ihn jetzt zukam war eine Sisyphusarbeit ohne Beispiel. Er überlegte kurz und seufzte nochmals tief und begann damit den Raum mit dem klickenden Stakkato der Tastatur zu füllen. Er drang ein in Firmendatenbänke und holte sich dort Mosaik für Mosaik für sein Bild von der Ausrüstung des Täters.Im Lager-und Kundenstamm der Fa. Barnes-Bullets[1] fand er erste Hinweise auf Käufer, zumeist Handelshäuser, des Projektils Barnes X, mit einem Leichtgewicht von 4,5 Gramm und dem Kaliber von 6mm. Dies geringe Gewicht in Verbindung mit einer recht großen Hülse ermöglichte die phantastische Fluggeschwindigkeit von 1280 Metern in der Sekunde, was auf Meeresniveau beinahe der vierfachen Schallgeschwindigkeit, also Mach IV entsprach.
Dies war nötig, um auf weite Strecken die Neigung der Flugbahn in der Größe eines menschlichen Kopfes zu halten. Auch mußte das Geschoß so lange wie möglich im Überschallbereich bleiben, um eine saubere Flugstabilität zu wahren.
Bei den Waffen kamen ausschließlich Einzelanfertigungen in Frage, die den hohen Standard der verwendeten, wahrscheinlich handgeladenen Munition in Präzision auf

---
[1] BARNES: Us-Hersteller von Geschossen

weite Strecken umsetzen konnten. Hier mussten die Datenbänke der Lauf- und Verschlusshersteller überprüft werden, die für dieses exotische Kaliber die Komponenten zum Bau der Waffen lieferten. Browning, Carolina, Sinclair, Forster, Douglas u.a. Firmen mußten gehackt werden, um Daten zusammenzuführen, die auf Besitzer solch erlauchter Waffenexoten schließen ließen.
Ralf arbeitete wie besessen und entwickelte kleine Suchroutinen am Computer, die ihm bei der Auswertung aller gefundenen Daten und deren analytischer Kombination halfen. Er brauchte Tage dafür, sich in den verschiedenen Netzwerken zurechtzufinden und seine Arbeit ließ im kaum die Zeit zu essen und zu schlafen.
Sabrina sah dem allem besorgt zu. Ralf hatte eine Art Besessenheit entwickelt, von der sie in der Vergangenheit, wenn sie ihn besucht hatte und er völlig übernächtigt ausgesehen hatte, vermutete, dass sie existierte.
Nun hatte sie den Beweis. Obwohl sie sich sorgte, vermied sie allerdings, Ralf auf sein Tun anzusprechen oder besser gesagt, ihn mit Worten und Mahnungen daran zu hindern. Sie liebte ihn zu sehr, um ihn in fürsorglicher Belagerung zu ersticken. Tief in ihrem Innern war ihr klar, dass er erst diese selbst auferlegte Aufgabe lösen mußte, um dann ein ruhigeres Leben führen zu können.
In der folgenden Woche machte er sich auf die Suche nach dem Visier, von dem er vermutete, dass es das einzig mögliche für den letzten in Brainstorm aufbereiteten Mord an Paolo Mendez gewesen sein konnte. Tagelang arbeitete er daran, herauszufinden, wo solch eine Zielvorrichtung schon eingesetzt wurde und wo man sie erhalten konnte. Er fand keine Hinweise darauf, dass überhaupt jemand über mehr als einen Prototyp verfügte.

94

Seine Nachforschungen bei den verschiedenen Zeitschriften lieferten zumeist nur enttäuschende Ergebnisse. Endlich dann eine Redaktion, die zumindest den Namen des Entwicklers nennen konnte.
Nach Wochen der Arbeit und Nächten, die Tagen gleich kamen, endlich ein Fortschritt. In die gesicherten Datenbeständen des Herstellers konnte er kurzfristig eindringen und Informationen zu den technischen Daten des Visiers ausmachen. Sie stimmten mit den Informationen überein, die er bezüglich der Fähigkeiten dieses Visiers bereits besaß.
Datenbestände von Kunden hingegen gab es noch nicht, schlichtweg deshalb, weil es noch keine Kunden, sondern nur Interessenten gab.
Er nahm das erste Erscheinen des Visiers in den Fachmedien als Stichtag und ging dann die Fachmesse-Besucherlisten durch. Bei Sicherheits- und Waffenmessen wurden ja alle Besucher registriert, wie er wusste.
Diese Besucherlisten, unter denen sich ja auch mögliche Käufer befunden haben könnten, verband er mit den Kundenlisten der Projektil bzw. Waffenhersteller, in der Hoffnung, dass ein Name doppelt erscheinen möge. Dies wäre dann der Besitzer der Waffe mit der höchsten Ausführungswahrscheinlichkeit gewesen. Er hatte Pech. Sein Plan war nicht aufgegangen.
Er verfügte nun zwar über eine Liste von 13 Großhändlern und 41 Endkunden, die dies Projektil vor dem Tag des Anschlags auf Mendez erworben hatten.
Bei den Herstellern der Waffenkomponenten kam er auf stolze 91 mögliche Lieferanten und Zulieferer.
Das Visier blieb allerdings der Casus-knaxus. Er kam nicht weiter. Es gab keinen Kunden, der ein Exemplar davon gekauft hatte.

95

Sabrina hatte seine tiefe Enttäuschung bemerkt und setzte sich zu ihm:
„was ist mit Dir?",
fragte sie und fügte hinzu:
„hat es nicht so funktioniert, wie Du es erwartet hast?"
Er erläuterte ihr sein Problem und die damit verbundene Frustration.
„Ich weiß, dass ich ganz nah dran bin und gerade jetzt gehen mir die Ideen aus, ich bin am Ende meiner Weisheit!"
Sie holte Kaffee und Plätzchen aus der Küche und versuchte nicht, ihn zu trösten oder abzulenken, da sie wußte, dass das keine Lösung für Ralf war.
„Du bist nur müde, und das nicht ohne Grund!"
erwiderte sie.
„Laß uns reden".
Er mußte alles loswerden, was ihn seit Tagen beschäftigte und war so dankbar, dass sie ihm zuhörte.
Als er fertig war meinte sie:
"glaubst Du eigentlich wirklich, dass jemand, der so etwas beabsichtigt, solch ein offenbar seltenes Visier kauft?"
Ralf hörte diese Worte und plötzlich hatte er das Gefühl sein Innerstes müsse vor Euphorie bersten.
„Wahnsinn!", „Du hast es, Du hast die Lösung gefunden, ich liebe Dich!"
Sabrina wußte nicht, was er meinte, sie war aber glücklich, ihn wieder so voller Zuversicht zu sehen.
Ralf rollte mit seinem Rollstuhl erneut vor die Maschine und war für einige Stunden wie in Trance bei der Arbeit.
Sabrina wusste, wenn er Erfolg hatte, würde er ihr bald berichten, was und wie er es erreicht hatte.

Kapitel 23 „**Erlkönig**"

„Es war ganz einfach". „Du hattest die Lösung und ich Idiot habe sie nicht gesehen , obwohl ich so dicht davor gestanden bin!"
Natürlich hatte niemand dies Visier gekauft. Er wunderte sich über seine eigene Naivität der Betrachtung. Wie so oft mußte man nur, um „erleuchtet" zu werden die geistige Sonnenbrille abnehmen, sinnierte er über das Problem. In der Aufzeichnung der gestohlenen Waffen und Gegenstände, die bei jeder sicherheitsrelevanten Ausstellung angefertigt wurde, fand er, was er gesucht hatte: ein Videovisier, Wertangabe 17000 € , war vor 3 Monaten auf der „Safety" in Abu Dhabi vom Stand des Ausstellers verschwunden. Die Möglichkeit, dass es die Waffenkombination tatsächlich gab, die er vermutete, nahm konkrete Formen an. Einer der Besucher der Messe musste es entwendet haben. Er lächelte in sich hinein, als er daran dachte, was es in der Vergangenheit bedeutet hätte, 11673 Besucher ohne Computerroutinen überprüfen zu wollen, um die von ihm gesuchten Zusammenhänge aufzuarbeiten. Was Ralf nun zu tun hatte, war alle von ihm gefundenen Adressen ergebnisorientiert zu verknüpfen.Bei den Waffenkomponenten hatte er etliche ihm bekannte Namen von Teilnehmern, die ihm von Bisley her bekannt waren, extrahiert. Bei den Schützen, die über eine fertige Waffe à la MACH IV verfügen konnten verjüngte sich allerdings die Pyramide.
Aus dieser engsten Wahl von Namen blieben abschließend nur 3 übrig:
Bernd Hofmann, ein Architekt;
Georg Ruhland, ein Rechtsanwalt und

97

Herbert Ehlers, ein Flugkapitän.
Alle drei waren, wie er wusste, exzellente Schützen. Alle drei verfügten über angesehene Berufe, die sie auch finanziell gut situiert und unabhängig stellten.
Alle drei hatten aber gleichsam kein nachvollziehbares Motiv für solch eine unsinnige Tat auf einen angesehenen Mitmenschen. Es war ein guter Tag geworden und Ralf hatte das Gefühl, dass er noch nie so zufrieden gewesen war in den letzten Jahren, wie jetzt gerade.
Sein Projekt entwickelte sich großartig, Sabrina war eine wundervolle Partnerin, das Leben war gut zu ihm.
Er schaltete den Computer ab und beschloss Sabrina zu fragen, ob sie Lust auf Natur und Sonne hätte.
Ein Ausflug würde ihnen guttun. Rückkehr ins Leben dachte er.

Kapitel 24　　　„ **Night im Club**"

Die Bar war diffus erleuchtet.
Peter hatte heute etwas früher im Büro Schluss gemacht, er war trotz aller verzweifelten Versuche, eine Routine zu programmieren, die sich rasch, m.a. Worten täglich, ändern ließ, um sich an den Zeittakt von Brainstorm anzupassen, gescheitert.
Wütend hatte er die Arbeit abgebrochen und es war ihm gerade recht gekommen, als ihn ein ehemaliger Kollege, Reiner, der bei der Sitte arbeitete, angerufen hatte und ihm vorschlug den Abend gemeinsam zu verbringen.
Sie wollten zu zweit durch Kneipen ziehen und alte Erinnerungen Revue-passieren lassen.
Im Verlauf des Abends hatte es sich dann ergeben, dass Reiner zu Peter sagte:
„He Du alter Schwerenöter, ich wußte ja gar nicht, dass Du schon so lange trocken liegst!"
„Wir haben da letzte Woche so einen Tip bekommen, uns ums `Vernissage´ zu kümmern"
,,Die sollen eine etwas ausgefallene Live-Show haben und die Damen dort sind wohl auch nicht prüde".
„Im Rahmen der Vorermittlungen",
wobei er bei diesem Wort mit den Augen zwinkerte,
„können wir ja heute Abend schon tätig werden".
Nun saßen sie an der Bar und tranken ihr Pils und schauten auf die Bühne, auf der eine „Tänzerin" zu lasziver Musik mit einem Dildo masturbierte. Das überwiegend männliche Publikum starrte teils verlegen, teils wie gebannt auf die Szenerie. Immer wieder tauchte der künstliche Penis in die Vagina der Tänzerin ein, bis schließ-

lich der konvulsiv zuckende Frauenkörper erschlaffte und die Musik erstarb.
Die Bühne wurde dunkel, der Vorhang fiel und eine Handvoll Mädchen, spärlich geschürzt kam aus einem Seiteneingang in das Etablissement und nahm sich der Kunden an.
Sie legten Arme um Krägen, kuschelten an Jacketts und führten fremde Hände in ihren Intimbereich. Peter hatte schon einiges an Alkohol im Blut und auch Reiner weigerte sich nicht allzu sehr. Die „Bedienungen" flüsterten ihnen ins Ohr, was sie denn dachten an Aufmerksamkeiten für einen kleinen Extraservice zu bekommen und teils aus Neugier, teils aus Erregung und teils aus dem Wunsch einmal alles zu vergessen und sich fallen zu lassen, stimmte jeder der beiden Freunde zu.
Babette, eine feurige vollbusige Rothaarige nahm sich Peter an. Sie drängte sich rücklings an ihn heran und, eh er sich versah hatte sie seine Hose geöffnet. Mit geschickten Fingern tastete sie sich an seine Männlichkeit heran, die halb erigiert in ihrem „Behältnis" steckte.
Reiner erging es nicht anders.
Die Damen wussten, was sie taten und sie sollten es tun.
Das Verlangen nach Sex und Befriedigung wuchs schnell an und plötzlich gaben die Bodies von Babette und Nicole ihr verheißungsvolles Geheimnis preis;
sie waren im Bereich der Scham nur mit zwei Streifen Stoff bedeckt, die einzig von zwei Gummibändern übereinander gehalten wurden und die in Bruchteilen einer Sekunde den Weg zu wollüstigen Wonnen freigaben.
Der Barkeeper sah gelangweilt in die Runde, er kannte dies alles ja zur genüge. Manche Gäste schauten verlegen irritiert drein, andere waren mit sich selbst beschäftigt, der Rest wurde gerade von den Damen verwöhnt.

100

Babette führte Peters Hände über ihre Brüste und drängte sich langsam auf seinen Penis. Als Peter eindrang fühlte er auch diesen Wunsch nach Geborgenheit, den er stets hatte, wenn er in der Vergangenheit mit Angie zusammen gewesen war.
Babette bewegte sich jetzt rhythmisch auf und ab, vor und zurück und es war ihrer Erfahrung zu danken, dass sich Peter voll auf sich selbst konzentrieren konnte.
Dem Orgasmus folgte dann aber relativ rasch wieder die Ernüchterung der Bezahlung, die Liebe ersetzte und die aus einer Emotion ein Geschäft machte.
Peter hatte schon viel im Leben erlebt, sein Beruf konfrontierte ihn mit allem, was Menschsein bedeutete, dennoch fühlte er sich im Augenblick als Opfer. Nicht, dass Babette zuviel verlangt hatte. 100,-€ waren angemessen.
Nein, er war Opfer seines Triebes gewesen. Die Kontrolle hatte jemand anderes ausgeübt. Er fühlte sich schwach und es deprimierte ihn, dass er offensichtlich schon zu jener Gruppe Männer gehörte, die für etwas bezahlen mussten, das es in einer intakten Beziehung als gemeinsame Bereicherung des Empfindens umsonst gab.
Angie war unmittelbar nach der Narkose der Lust wieder in seinen Gedanken aufgetaucht. Dies schlechte Gewissen und ein Gefühl der Schuld ihr gegenüber machten ihm schmerzlich klar, wie sehr er sie liebte. In Gedanken bat er sie um Verzeihung. „Lass uns gehen, ich hab genug" sagte er zu Reiner.
Nicole hatte gerade das Geld eingesteckt, sich mit einem schmollmundigen Fingerküsschen von Reiner verabschiedet und sich mit Babette auf den Weg zu den Räumen hinter der Bühne gemacht, um sich für die nächsten Kunden frisch zu machen.
„O.k. Peter, laß uns abhauen."

101

Am Türsteher vorbei traten sie ins Freie.
„Förderung der Prostitution"
sagte Reiner süffisant.
„Aber nett war`s trotzdem!"
„Die Atmosphäre ist ja ganz o.k."
„Ich denke, ich muß den Kollegen empfehlen, sich selbst zunächst ein Bild von der Sachlage zu machen!"
Er schmunzelte verschämt.
„Schließlich können wir es ja über die Spesen der verdeckten Ermittlung abrechnen!"
„Sei mir nicht böse, aber ich will jetzt nach Hause".
Peter rief sich mit dem Handy ein Taxi, fahren wollte er nicht mehr. Beim Abschied wünschte er Reiner noch „erfolgreiche Ermittlungen",
wobei der Tonfall viele Interpretationen zuließ.

Kapitel 25   „Der Kern"

Ralf hatte Sabrina ja mittlerweile den wahren Charakter von Brainstorm offenbart.
Sie war, obwohl sie viel aufgrund ihrer Gelderwerbs mit Menschen erlebt hatte und über sie wusste, doch ziemlich schockiert gewesen, als sie zum ersten Mal in ihrem Leben ganz detailliert über Taten und Opfer, über Umstände und pathologische Berichte erfuhr, was ein Mord in letzter Konsequenz eigentlich bedeutete. Ralf erläuterte ihr, was er bereits über solcherlei Täter zu wissen glaubte. Die Charakter- und Sozialanalyse des Täters, die er aus den MORPH-PUNKTEN der Spieler zusammengesetzt hatte, die Erkenntnisse, die er aus polizeilichen Gutachten gehackt hatte, sein Wissen aus Büchern.
„Weißt Du, Sabrina, ich kämpfte durch dieses Spiel mit seinem den Spielern nicht bewussten eigentlichen Sinn, meinen Kampf gegen die Verzweiflung meiner Behinderung in der Vergangenheit!"
„Ich betone Vergangenheit, bevor mein Leben sich durch Dich geändert hat"
„Vielleicht kannst Du verstehen, dass ich diese Aufgabe, die ich mir selbst gestellt habe, nun zu Ende bringen muß?"
„Zwar kann ich nicht mehr laufen und auch sonst ist mein Leben in puncto Mobilität stark eingeschränkt, die Gratwanderung zwischen Selbstmitleid und Wut auf mein Schicksal war es aber, die mich in der rückblickenden Selbstanalyse dazu brachte, mit diesem Spiel mein Ego mit der Macht meiner Kenntnisse und neu erworbenen Fähigkeiten zu stärken."

103

„Am Computer bin ich der, der die Fäden zieht, ich bin der Meister, die Spieler, die glauben, dass sie die Handlung bestimmen, sind eigentlich nur die Vasallen, die für mich die Assoziationen zusammentragen".

„Am Computer kann ich Menschen, die mich in der Öffentlichkeit nur als behinderten Menschen übersehen in meinen Bahnen lenken"

„Ich habe alles, was solch einen Täter eigentlich beschreiben kann zusammengetragen."

„Was mir fehlt ist das letzte Geheimnis einer jeden Tat, es ist das Rätsel des Motivs, das als einziges zum Verständnis der Handlung des Mörders beitragen kann oder diese erklärt."

„Dieser oft abstrakte Beweggrund der den Täter entlarvt, hat man den Kreis der Verdächtigen erst einmal eingeengt." „Rational erklärbare Motive, die den menschlichen Zwängen der Seele entspringen sind dabei relativ leicht nachzuvollziehen: Die Rache, die Eifersucht, der Jähzorn, Neid, Liebe und was sonst alles noch dazu zählt."

„Irrationale Motive wie Phobien und Ängste, Wahnsinn und Handlungszwänge hingegen sind unendlich schwer zu fassen".

„Ich kenne somit einen Mörder durch seine Tat und das soziale Pendant eines meiner Spieler, der im Denken annähernd jedes spielerisch aufgemachte Verbrechen duplizierte. Ich muss meine Theorie beweisen, indem ich einen der Mörder finde und dann vergleichen kann, ob ich mit meinem Ansatz recht hatte, das heißt ob der Täter tatsächlich in der Realität dem entspricht, das er als MORPH-PERSON meines Staranalytikers Jedy zu sein scheint".

104

Schweigend hatte Sabrina seinen Ausführungen gelauscht und das Feuer in seinen Augen verriet ihr, wie unendlich wichtig es für Ralf war, diesen Prozeß der Selbstfindung und Akzeptanz seines neuen Lebens erfolgreich abzuschließen.
Bevor er fragen konnte antwortete sie intuitiv:
„Du kannst mir vertrauen, was immer geschieht, wenn ich Dir irgendwo helfen kann, irgendwo, wo Du meine Hilfe brauchen könntest bin ich bereit".
„Es bleibt trotzdem Dein Werk!"
„Ich liebe Dich so wie Du bist!"

Kapitel 26 „Die Nacht des Jägers"

Peter legte den Hörer auf. Er wusste, dass er Angie damit Angst gemacht hatte. Sich am Telefon zu melden hatte er jedoch nicht fertig gebracht. Ihre Stimme zu hören, diese Sehnsucht nach dem Du des anderen, der immer wiederkehrende Wunsch nach ihrer vertrauten Zärtlichkeit nahmen seine alltäglichen Gedanken jedoch mehr und mehr ein.
Tief in seinem Innersten fühlte er, dass er es bald nicht mehr dabei belassen konnte, sie anzurufen und dann davon zu zehren, an sie zu denken und in Gedanken mit ihr zu sprechen, er würde sie treffen und mit ihr reden müssen.
Diese Gedanken drehten sich immer häufiger wiederkehrend wie im Kreis. Arbeit. Arbeit hieß das Heilmittel gegen seine Sucht, diese Sehnsucht, die er mit der Vorstellung von Angelika verband.
Der Bildschirm flammte auf und routiniert tippte er das Codewort ein.
Sein Geist nahm die Arbeit wieder auf. Eilig überflog er seine Aufzeichnungen über den bisherigen Stand seiner Erkenntnisse. Die Schöpfer von Brainstorm hatten das Zeitfenster des Datenboten mittlerweile auf 3 Minuten reduziert. Peter war allerdings auch schneller geworden.
Seine kleinen Hilfsprogramme hatten diesmal bei der Verfolgung der Datenpakete einen Server in England ausgemacht, bevor diese dann verschwanden.
„Ich kriege Dich, Du Mistkerl!",
„das schwöre ich Dir!"
Der regnerische Morgen brach herein und Peter erhob sich von seinem Arbeitsplatz. Er streckte sich, massierte

106

sich mit den Fingerspitzen die Haarwurzeln und rieb sich mit den Händen das müde Gesicht. Durch das tropfen verzierte Fenster blickte er in die graue Tristesse der Straße vor dem Haus. Menschen eilten unter Regenschirmen oder tief in Mäntel verpackt durch die Nässe.
Für diesmal mußte er sich nochmals geschlagen geben. Sein Gegner war gut, extrem gut und dennoch wuchs in ihm trotz seiner Müdigkeit die Zuversicht, dass er es schaffen würde, diesen Eindringling in Bälde zu schnappen.

Kapitel 27 „Ruhland"

„Ich werde sehen, was ich für sie tun kann!"
Die anmutend, verheißungsvolle Weiblichkeit der Dame, die ihm gegenüber saß, hatte ihn beeindruckt und seine Augen schickten bei diesen Worten einen kleinen Flirt mit auf die Reise. Ihre wohlproportionierten Beine, die in einem blauen, samtartigen Kostüm mit sehr kurz geschnittenem Rock ihren Ursprung hatten zogen seinen Blick bereits mehrmals von den Knöcheln über die Knie bis hinauf zu ihren übereinandergelegten Schenkeln bis zu der Stelle, wo erotische Phantasien die Realität verdrängte.
Er fragte sich, ob sie halterlose Strümpfe, Strapse, Spitzen oder biedere Unterwäsche trug?
Sie war der Typus Frau, die intuitiv, ohne ein Wort zu sagen, Männer in deren Urinstinkten ihrer Sexualität stimulierte.
Diese knisternden Tagträume spielten sich in den Bruchteilen von Sekunden ab, in denen sprech- und sachbezogene Gedankenpausen Zeit für Unverschämtheiten des Denkens ließen.
Was hätte er dafür gegeben, dass ihm jetzt eine Klientin in diesem sanft wiegenden Ledersessel wohlig stöhnend gegenübersäße, eine allzeit bereite Nymphomanin, die es darauf abgesehen hatte, ihn in seinem Büro aufs dreisteste zu verführen.
Demgegenüber hörte er sich sachlich fragen, ob sie Zeugen benennen könne, die bestätigen würden, dass sie die zum gegebenen Zeitpunkt nicht mit ihrem Wagen gefahren sein könne. Der Grund ihres Hilfeersuchens war, dass sie den ersten Rat eines Spezialisten in Erbschaftsangele-

genheiten brauche, da Sie beabsichtige evtl. eine nahe Verwandte entmündigen zu lassen, bevor diese alle Werte an mildtätige Organisationen vermache.
Sie gab sich kämpferisch und betonte, sie wolle sich in dieser Angelegenheit der Mithilfe eines Advokaten versichern.
Georg Ruhland war seit 13 Jahren selbständiger Anwalt mit einer kleinen, aber sehr erfolgreichen Kanzlei, in die unter anderem weit über die Grenzen von Dortmund bekannt war, was Erbrechtsangelegenheiten und dergleichen betraf. Beau, der er war, genoss er es stets bei seinen weiblichen Klienten diesen Grat zu wandern zwischen der häufig empfundenen sexuellen Faszination der ihm gegenübersitzenden Mandantinnen und dem platonischen Bedürfnis Schutz und Beistand zu gewähren.
„Ich benötige allerdings noch weitere Details über das Krankheitsbild ihrer Tante und den Fortschritt ihres Alzheimer-Syndroms".
Bei diesen Worten fuhr er sich mit den schlanken Fingern seiner rechten Hand über den kurzgeschnittenen rotblonden Vollbart, der dieses markant männliche Gesicht mit den kleinen Lachfalten um die Augen zierte.
Georg Ruhland war der Typ Mann, dem die Frauen in der Stadt nachsahen und er genoss dies Geschenk der Natur. Seine mittellangen, leicht gewellten Haare taten ein übriges, um ihn fast wie einen Helden der Antike aussehen zu lassen. Dieser erste Eindruck wurde durch sein athletisches Äußere noch unterstrichen für dessen Erhalt sich der 37-jährige Anwalt zweimal wöchentlich ins Sportstudio und einmal zum Squash-Spiel mit Kollegen begab. Golf gehörte darüber hinaus am Wochenende zu seinen sportlichen Aktivitäten. Dies allerdings mehr der geschäftlichen Kontakte wegen.

109

„Wir sollten uns dann nächste Woche zu erneut treffen, um die weitere Vorgehensweise zu besprechen. Sein Gegenüber erhob sich und er genoss nochmals den Blick auf dieses Versprechen femininer Erotik, welches die geschlossene Bluse üppig ausfüllenden Brüste zu geben bereit waren.
Er stand auf und geleitete Frau Rooge zur Garderobe, wo er ihr beim Anziehen des Mantels behilflich war, die vorerst letzte Gelegenheit von Nähe.
Diese Frau wollte er unbedingt wiedersehen, allerdings wusste er aus den Erfahrungen seiner vielen Affären, dass man sich Zeit nehmen mußte, um eine Beziehung anzubahnen, also sah er davon ab, dieses bezaubernde Geschöpf für diesen Abend zum Essen einzuladen.
„Frau Berkheimer, könnten sie bitte für Frau Rooge einen neuen Termin ausmachen, vielleicht in der übernächsten Woche?"
Er verabschiedete sich mit einem Händedruck, der einen Bruchteil länger als üblich ausfiel und den er geschickt mit der schützenden Geste der zweiten Hand, die kurz den Arm des Gegenübers fasste, vertraulicher gestaltete.
Frau Rooge wandte sich schließlich der Sekretärin im Vorzimmer zu und Georg ging eigentlich ungern zurück in sein Zimmer, tat es aber dennoch, um nicht aufdringlich zu erscheinen.
„Ja, der 17. wäre mir angenehm"
sagte Sabrina bei der Terminabsprache mit der Sekretärin.
„Gut Frau Rooge, ich merke sie dann für diesen Tag vor, vormittags um 1030 Uhr!"
„Sagen Sie Frau Berkheimer, ist es möglich, dass ihr Chef sich für ´MONET` interessiert?"

„Er hat diesen Bildkalender an der Wand seines Büros und ich glaube, dass ich ihn am 23. April auf einer Vernissage in Frankfurt unter den Gästen gesehen habe".
Frau Berkheimer, die über das Faible ihres Chefs in Bezug auf attraktive Frauen Bescheid wußte blickte in den Terminkalender und sagte, dass das nicht möglich sein könne, da ihr Boss an diesem Tag zwei Verhandlungstermine in Dortmund bestritten habe.
„Na ja vielleicht habe ich mich geirrt?"
gestand Sabrina ein.
„Vielen Dank und bis nächste Woche, auf wiedersehen!"

Kapitel 28 „Sabrina`s Hilfe"

„Du bist ein Schatz, Sabrina, ich danke Dir!"
Wie bist Du eigentlich auf die Idee gekommen, zu Anwalt Ruhland zu gehen und das fragliche Datum zu überprüfen?"
„Ralf, ich habe Dir doch gesagt, dass ich Dir helfen werde, wann immer Du mich bittest, und ich weiß nur allzu gut, wie schwer es Dir fällt, die Hilfe von anderen Menschen, mich eingeschlossen, anzunehmen".
„Deshalb habe ich nicht darauf gewartet, ob Du mich fragen würdest, sondern ich bin meinen Weg für Dich gegangen statt Deinen Weg zu wählen!"
„Du bist jetzt eben verheiratet, mein Schatz!"
„Ich muss mich also daran gewöhnen meinst Du, dass ich nun nicht mehr alleine der Herr meiner Projekte bin" fragte er sie herausfordernd.
„Nein, Du bist der Chef und ich eine der Frauen, wie sie üblicherweise ein jedes Genie in der Weltgeschichte im Hintergrund zur Begleitung hatte",
dabei legte sie hinter ihm stehend ihre Arme an seinem Hals vorbei und streichelte seine Brust hinunter, bis ihre Wange auf der Höhe seiner war. Sie küsste ihn auf den Mund und er erwiderte zärtlich ihre Annäherung. Er fragte sich, ob das Glück, das er gerade empfand von Dauer sein würde. Ralf hatte oft Angst vor der Zukunft, einer Zukunft in der er vielleicht wieder alleine sein Schicksal zu meistern haben würde.
„Mein Gott, Sabrina, ich liebe Dich so sehr!"
„Du hast mir wahnsinnig bei meiner Arbeit geholfen und ich muss erst wieder lernen, Hilfe anzunehmen und mir nicht ständig zu beweisen, dass ich nur dann ein voll-

wertiger Mensch bin, wenn ich alles alleine erledigen kann!"
„Übrigens, ich bin auch ein bisschen eifersüchtig, wenn ich Dich bei normalen Männern weiß, ich habe Angst Dich zu verlieren. Es ist diese Angst, die aus Egoismus und Selbstmitleid resultiert".
„Das brauchst Du nicht zu fürchten",
antwortete sie.
„Deine offene Art, die Dinge beim Namen zu nennen, die Welt und dich selbst ohne Ausnahme zu analysieren sind es, die mich Dich lieben lassen. Ich liebe doch nicht in Gesundheit und Unversehrtheit, ich liebe den Menschen und der heißt Ralf!"
Ihre Worte verloren sich allmählich immer mehr in den Küssen von Ralf, dessen Zunge immer drängender nach der ihren in ihrem Mund hastete. Dabei fuhren seine Hände sanft unter ihren Rock und Tasteten nach der wärmsten Stelle zwischen ihren wohlgeformten Schenkeln. Sie trat einen Schritt zur Seite und zog rasch ihr Höschen aus, um sich dann wieder breitbeinig vor ihn hinzustellen. Als seine Finger in sie eindrangen warf sie den Kopf nach hinten und sie begann zu stöhnen und die Welt um sie herum zu vergessen. Er schob sie dann zu seinem Schreibtisch, auf dem sie sich mit geöffneten Schenkeln ihm zugewandt hinsetzte. Als seine Zunge tief in sie eindrang löste sich ihr Fühlen im ersten Orgasmus auf. Wie sehr sehnte sich Ralf danach, doch einmal selbst einen Orgasmus mit Sabrina erleben zu dürfen.
Dennoch war es schön, zu sehen, wie er sie dazu brachte, in weibliche Ekstase zu geraten und zu betrachten, wie zärtlich sie seinen Penis berührte, der jedoch nicht mehr dazu in der Lage war, seine erotische Aufgabe für ihn selbst zu erfüllen

Kapitel 29   „Ehlers"

„Mist, das interessiert mich doch überhaupt nicht!"
Ralf war sauer, er hatte 3 Stunden gearbeitet, um sich in das firmeneigene Netzwerk von „SKYE-AIR" einzuklinken und nun war er in der Material-Disposition gelandet. Seine Vermutung, dass er Dienstpläne der Besatzungen unter der Datei D-Plan abrufen könne hatte sich nicht bestätigt. Also weiter. Etliche Stunden später hatte er dann, was er suchte, gefunden. Crew-Schedule, das war es gewesen. Er hatte 117 Dateien, die sich mit dem Wort Crew beschäftigt hatten, geöffnet und nach Dienstplan-Inhalten überprüft. Endlich war es soweit, das Excel-Planungsblatt vom April dieses Jahres lag vor ihm. Er kopierte den Inhalt und druckte ihn bei sich aus.
Als nächstes musste er in der Personalabteilung eindringen, um die verwendeten Namenskürzel mit Inhalt zu füllen und danach war es notwendig in der für die Flugpläne zuständigen Planungsabteilung die sogenannten Umläufe herauszufinden, d.h. die den Planungsnummern zugeordneten Aufenthalte und Arbeitstage der Crews.
Es war schon spät und so verschob er diese Aufgabe auf den nächsten Tag, da nicht einmal noch mehr Kaffee ihn noch zum Durchhalten gebracht hätte.
Der nächste Morgen begann früh. Um 4.30 Uhr war Ralf aufgestanden und jetzt um 9.20 Uhr hatte er alles, was er gesucht hatte.
Herbert Ehlers, Captain auf MD 11 war am 15. Februar des Vorjahres mit seiner Crew im Hotel Interconti in Bogota gewesen, er war am 13. angekommen und sollte am 16. nach Frankfurt zurückfliegen. Ralf freute sich wie ein kleines Kind über diese Tatsache.

114

Er hatte das Gefühl, es könnte klappen, einen der Täter gemäß seiner Theorie festzunageln.
Herbert Ehlers war Sportschütze. Ralf hatte diesen Namen einer vagen Eingebung seines Gedächtnisses gemäß in den Teilnehmerlisten von Bisley gefunden.
Ehlers war dort mit seinem Partner Peter Hofmann einer unter vielen gewesen. Peter Hofmann, auch dieser Name tauchte wieder auf. Peter Hofmann, der letzte der konkret Verdächtigen gemäß Ralfs Theorie und der Erkenntnisse aus Brainstorm und seiner Datenbanknachforschungen.
„Gut, Dich nehme ich mir vor, sobald ich mit Herbert fertig bin",
murmelte Ralf vor sich hin. Alles war möglich und dennoch behagte ihm ein Fakt nicht, bei all seinen Überlegungen. Es gab alles, nur absolut kein Motiv, das einen gutsituierten Flugkapitän dazu bringen konnte, einen ihm wahrscheinlich völlig unbekannten unbescholtenen Bürger in einem weit entfernten Land zu töten.
Was war als Motiv denkbar? Ralf hatte nicht die geringste Idee und „Brainstorm" konnte ihm hierbei nicht helfen, es war ja nur ein Vehikel, personenbezogen in Bezug auf deren Denken im Hinblick auf kreative Tatausführungen zu analysieren. Motive für solcherlei Taten lieferte ja die Spielidee und das Sujet der Handlung und damit Ralf selbst. Eventuell konnte er sich etwas mit Drogen und deren Transport vorstellen.
Das roch wieder nach einer Menge Arbeit am PC, um solcherlei Ansätze zu bestätigen oder zu verwerfen. Zunächst einmal musste er wieder einmal seine Freunde bei der Polizei beehren, wie er es nannte, denn er wusste, dass es bei Piloten zum Beruf gehörte, ein Führungszeugnis mit gutem Leumund zu besitzen. Was lag also

näher, als die Daten zur Person aus den bereits bei den Behörden vorliegenden Erkenntnissen zu nehmen.

Kapitel 30 „Ein Sommernachtstraum"

Alexander Janosch röchelte noch etwas, dann quoll ihm ein Schwall Blut aus dem Mund und dieser metallisch, salzige Geschmack war die letzte Sinnesempfindung seines Lebens.
Vor 2 Minuten hatte der Einwanderer aus Osteuropa sein Büro in einem der renommierten Geschäftshochhäuser am River-Walk in San Antonio, Texas verlassen, um sich zu dem mexikanischen Restaurant zu begeben, in dem er für gewöhnlich sein Mittagessen einnahm.
Dieser 1. Juni war schon voll der Sommerhitze und es war angenehmer am Wasser. Janosch hatte sich mit einem Klienten verabredet, mit dem er beim Mittagstisch geschäftliche Modalitäten besprechen wollte.
Von Zeit zu Zeit nahm er seinen Panama-Strohhut vom Kopf und wischte sich mit einem weißen Taschentuch, das er mit den Diamantring-geschmückten Fingern seiner linken Hand hielt, den Schweiß von der Stirnglatze. Gerade als sich dieser doch recht fettleibige 45 jährige, in Polen ‚wo er aufgewachsen war, hatte man ihn als Bär bezeichnet, an dem kleinen Tischchen auf dem zugehörigen Rattanstuhl niederlassen wollte, versagte ihm sein Körper den Dienst.
Die Menschen an den Nachbartischen schreckten auf, als sie wenige Meter entfernt von ihnen zu Boden fiel. Alex hatte noch ein heißes Stechen in der Brust verspürt, dann ein leichtes Gefühl der Schwäche empfunden, schließlich fiel er kraftlos vornüber. Er verfehlte den Stuhl und schlug mit dem Kopf und Körper hart auf dem geteerten Boden auf, doch diesen Aufschlag spürte er schon nicht mehr.

117

Die Menschen wandten sich dieser Situation zu und nahmen, zunehmend neugierig erregt die Störung ihres Restaurantbesuchs wahr.
Den verhaltenen, weit entfernten Knall zuvor brachten sie nicht in Verbindung zum Geschehen vor Ort.
Tom Branigan war der erste, der dem Gestürzten zu Hilfe eilte. Er sah noch dieses Zittern der Hände und Füße, des vor ihm liegenden Mannes das den Tod als letzten Nervenreflex begleitete und dachte naheliegend an Epilepsie als Ursache.
Laut rief er nach dem Kellner forderte ein Handtuch, um es zum Schutz von Zunge und Zähnen dem vermeintlichen Anfall gepeinigten Menschen zum Schutz der Zunge in den Mund stecken zu können, der sich offensichtlich schon blutig gebissen hatte.
Der Körper von Janosch wurde nun völlig schlaff und Tom wollte ihn zur Sicherheit in die stabile Seitenlage bringen. Als er beim Versuch diese Masse Mensch umzudrehen die große Lache Blutes unter dem Körper erblickte, sprang er entsetzt zurück.
Jetzt nahm er auch das langsam sickernde Blut im Brustbereich war. Durch diese Situation völlig überfordert schrie er den herbeigeeilten Kellner an, die Ambulanz zu rufen. Die Ärzte stellten Tod infolge von Schusseinwirkung fest und verständigten die Polizei.

Kapitel 31   „Rivalen"

Verdammt, das war knapp!
Ralf hatte gerade das neueste Kapitel von Brainstorm aufgearbeitet und ins Netz eingespeist, als sich sein Firewall meldete und einen unangemeldeten Besucher avisierte.
Eigentlich war es eher ein Eindringling, der sich Zugang zu seinem Computer verschaffen wollte, als Ralf gerade ON-LINE[1] war.
Im letzten Augenblick, bevor er identifiziert worden wäre, hatte er sein System schützen gekonnt, indem er dem Verfolger eine für einen solchen Fall vorbereitete falsche Adresse abfragen ließ.
Zeitgleich hatte er sein TRACER[2]-Programm gestartet und nun hielt er das Ergebnis in Händen. Er wurde von einer Außenstelle des BKA[3], besser gesagt von Terminal 47 der Kriminalpolizei in Frankfurt, welches im Moment On-Line im POL-NET arbeitete, verfolgt.
„Junge, junge, der Kerl ist ganz schön ausgebufft!" murmelte er.
Das wären beinahe drei Jahre Gefängnis geworden.
Irgendwie war ihm noch mulmig zumute und er beendete seine Sitzung.

---

[1] ON-LINE: Der Computer oder das entsprechened Terminal ist in diesem Augenblick am Netz zur Datenüber   tragung
[2] TRACER: Verfolger
[3] BKA: Bundes Kriminal Amt

Kapitel 32   **„Die Hatz"**

„Man, Sabrina, ich kann dir sagen!"
„So fertig wie heute war ich schon lange nicht mehr!"
„Was ist denn geschehen?",
fragte sie ihn. Sie war gerade von einem Kunden zurückgekommen und hatte sogleich gespürt, dass etwas nicht in Ordnung war.
Ralf war zwar immer etwas bedrückt, wenn sie Kunden besucht hatte, er liebte sie zu sehr, um sie mit anderen teilen zu können, ohne zu leiden und seine Phantasie war eine schlimme Geißel.
„Jemand ist mir auf der Spur und dieser jemand ist ein absoluter Könner!"
„Lass doch dann endlich dieses Spiel sein und konzentriere Dich auf den Beweis Deiner Theorie, indem Du einen Täter identifizierst, wie Du es vorhattest."
„Ich will Dich nicht verlieren durch die Behörden und die Gesetze und Vorschriften, die Du übertrittst, hörst Du, ich will bei Dir bleiben und mit Dir leben, Ralf!"
Es tat ihm gut dies zu hören und langsam legte sich seine Anspannung etwas.
„Wahrscheinlich hast Du recht".
„Gut, wie weit sind wir dann also in der Sache Hoffmann?"
„Ich habe nächste Woche einen Termin wegen des Umbaus eines gebrauchten Objektes in ein behindertengerechtes Domizil",
antwortete sie ihm auf seine Frage. Vorgestern war sie zum ersten Mal beim Architektenbüro Hoffmann & Partner in Heidelberg gewesen. Der erstaunten Frage von Herrn Hoffmann, warum sie gerade zu ihm gekommen

sei, schließlich war es ja nicht um die Ecke gelegen., beantwortete sie mit der Empfehlung eines Sachbearbeiters auf einer Fertighausausstellung. Sie hatte ihm eine vermögende Gattin vorgegaukelt, für die ein exklusiver Um- bzw. Neubau in Frage käme.
Architekt Hoffmann hatte einen Besprechungstermin in der folgenden Woche angeboten und bis dahin mussten sich ihre Nachforschungen gedulden.
„Eigentlich ist es sonderbar, dass gerade die beiden übrig gebliebenen Hauptverdächtigen hier in Deutschland wohnen, oder?"
Ralf hatte darüber auch schon oft nachgedacht. Es reizte ihn aber um so mehr, als das Motiv eines seiner Verdächtigen, einen Mann in Kolumbien zu töten, welches er zu finden hoffte, gegenwärtig nur die wildesten Spekulationen zuließ. Darüber zu mutmaßen verkniff er sich jedoch stets, um den klaren Blick für Tatsachen und Möglichkeiten nicht zu trüben.

Kapitel 33   **„Hoffmann"**

„Der Treppenfahrstuhl wäre in diesem Fall die beste Lösung, ganz billig wird das aber nicht werden!"
Bernd Hoffmann fixierte dabei sein gegenüber. Er hatte über die Jahre seiner Kundenbeziehungen gelernt, beim Preis mit offenen Karten zu spielen und den Kunden bei unangenehmen Leistungsdetails freundlich bestimmt in die Augen zu sehen. Ein Blick, der Aufrichtigkeit im Geschäftsgebaren und damit Vertrauen in seine Beratungskompetenz vermittelte. Die überdurchschnittliche Zahl der Empfehlungen seines Büros bestätigte seine Ansicht. Für den Kunden war es allemal besser, letztendlich keine finanziellen Überraschungen zu erleben, wenngleich das Gros seiner Klientel eher zu den oberen Einkommensschichten zählte.
„Sicherlich haben Sie recht, allerdings würde ich solch eine Vorrichtung gerne einmal in der Funktion in natura sehen".
Sabrina war seinem Blick nicht ausgewichen und hatte sehr wohl bemerkt, wie ihr stattliches Gegenüber mit seinen Blicken die Offenbarung ihres Dekolletés streifte. Ganz bewusst hatte sie eines ihrer verführerischen Kostüme angezogen, welches ihre großen Brüste gerade noch über den Brustwarzen bedeckte und welches sich beim geplanten Hinunterbücken so herrlich einsetzen ließ, um den Verstand der Männer auszuschalten. Auch war es so knapp in der Länge bemessen, dass mit dem richtigen Spiel ihrer braunen Schenkel alles zu erreichen war, was männliche Instinkte stimulierte und dabei deren Ratio ausschaltete. In Bernd Hoffmann`s Phantasie spielte sich in Bruchteilen von Sekunden der Liebesakt mit dieser

122

verführerischen Frau ab. Er küsst ihre erigierten Brustwarzen und knetet dabei diese wundervollen Brüste, während er mit seiner geballten Männlichkeit in ihre willige feuchtheiße Scheide eindringt und nach wenigen Stößen seinen Samen entlädt.
„Wir könnten eventuell noch heute abend gegen 17 Uhr einen Termin zur Besichtigung solch eines Treppenliftes ausmachen".
Er war wieder in die Realität zurückgekehrt, wollte aber diese erotische Vorstellung nicht so schnell aufgeben und wenigstens den Flirt mit solch einer Frau genießen. Als Sabrina zustimmte, sie wusste, dass ihr Plan aufgegangen war, rief Herr Hoffmann augenblicklich seine Sekretärin aus dem Vorzimmer und ließ alle Termine am heutigen Abend streichen.
Sie ahnte warum.
Die Besichtigung in einem gerade im Ausbau befindlichen Behindertenzentrum in Heidelberg war beendet und Bernd fragte geschäftlich verbindlich, wie er sich gab, ob er seine Kundin nun noch zum Essen einladen dürfe. Sabrina sagte zu, ihr Plan entwickelte sich weiter.
Hoffmann war ein nicht unattraktiver Mitvierziger, dem die Stirnglatze eher reife Schönheit verlieh. Er gehörte zu der Gesellschaftsschicht, die es, wie man so sagte, geschafft hatte. Der Mercedes der S-Klasse gehörte ebenso dazu, wie das Ferienhäuschen bei Lugano und dieser und jener Kunstgegenstand in seinem Anwesen bei Heidelberg, in Aussichtslage hoch über dem Neckartal.
Das Gespräch über Golf und Tennis war ihm ebenso vertraut wie die Erörterung von Statik und Finanzierung.
In seiner Phantasie lebte Sabrina ein sexuell kümmerliches Leben an der Seite eines Behinderten und er betrog den letzten Rest schlechten Gewissens gegenüber diesem

ihm unbekannten Mann damit, dass er sich sagte, diese Frau sei in Wirklichkeit nicht völlig ausgefüllt und sicherlich bewusst oder unbewusst auf der Suche nach sexueller Befriedigung, wie sie ihr nur ein körperlich unversehrter Mann gewähren könne.

Sabrina forcierte seine Avancen, lächelte beim Candle-Light-Dinner verheißungsvoll, beugte sich gut inszeniert vor und gewährte Einblicke, streifte anscheinend unabsichtlich Beine ihres Gegenüber, ging im richtigen Moment provozierend weiblich zur Toilette und so weiter. Hände berührten sich bei den Weingläsern und schließlich war es an Zeit, aufzubrechen.
Plötzlich suchte Sabrina etwas in ihrer Handtasche.
„Das gibt es doch nicht, ich habe wohl beim Herausholen des Bauplans aus meiner Handtasche das Etui mit den KFZ-Papieren und dem Autoschlüssel bei ihnen im Büro vergessen"!
„Kein Problem",
antwortete Bernd Hoffmann in der zuversichtlich jedoch vagen Annahme, dass aus diesem Abend mehr werden könne.
Sie fuhren zu seinem Büro. Das Gebäude war dunkel, die Arbeitsbereiche verlassen. Im Fahrstuhl nach oben suchte er ihre Nähe, legte zaghaft den Arm sacht um ihre Hüften und sah sich siegreich, als kaum Gegenwehr kam.
Sie betraten das Büro und tatsächlich lag auf dem Schreibtisch das gesuchte Utensil. Sie nahm es an sich und gerade als sie gehen wollte umschlang Bernd ihren Körper und drängte sie rücklings an die Schreibtischkante. Während sie sich halbherzig wehrte achtete sie darauf, dass sie verschiedentlich ihre Beine spreizte und er zwischen ihre Schenkel rutschen konnte.

124

„Nein, noch nicht, ich möchte etwas trinken!"
Sie erschrak, als er sich nur ein wenig umdrehte, um die Kühlbar zu öffnen, die sich in einem der Aktenschränke verbarg. Eigentlich hatte sie damit eine größere Ablenkung provozieren gewollt. Er holte zwei Sektgläser heraus und sie warf schnell einen Blick an ihm vorbei in das Kühlfach.
„Nein, keinen Champagner, den vertrage ich nicht!"
Martini fehlte.
„Wie wär`s mit einem Martini?" fragte sie.
Er drehte sich um und gestand ein, dass er ihr Whisky, oder Cognac anbieten könne. Sie bestand auf Martini und bat ihn, welchen aufzutreiben, sie ginge sich etwas frisch machen. Als sie ihn im Büro mit der Auskunft telefonieren hörte, wie er nach einem Partyservice fragte, beschäftigte sie sich im Vorzimmer mit dem Schreibtisch seiner Sekretärin Frau Schwiers, bei der sie sofort gewusst, hatte dass auch sie ein Verhältnis mit Herrn Hoffmann pflegte.
Er hatte zu Ende gesprochen, als sie Bruchteile von Sekunden bevor er das Vorzimmer wieder betrat den Schlüssel für die Schubladen in der Bleistiftablage gefunden hatte.
„Alles erledigt"
sagte er, seine Stimme zitterte leicht und sie wusste um seine gierige Erregung. Sie ließ sich umarmen, wich aber seinen Küssen aus. Eng umschlungen spürte sie durch den Stoff seiner Hose und ihres Höschens sein erregtes Glied die Nähe zu ihrem Venushügel suchen. Geschickt hielt sie ihn auf Nähe und Distanz im Wechsel.
Es klingelte an der Türe und unwillig ließ er ab.
„Ja, 5.Stock, Architekturbüro Hoffmann!"

3 Minuten später hatte er Martini und Häppchen abgenommen, 165,-€ bezahlt und den Boten mit 10 € Trinkgeld rasch hinauskomplimentiert.
Sabrina hatte sich zwischenzeitlich auf die Ledercouch im Büro gesetzt. Bernd goss Martini ein und griff, sein Glas wegstellend an Sabrina´s Brüste.
Sie ließ es geschehen. Seine Hände wagten sich weiter vor, über ihre Schenkel bis zu ihrem Höschen, das er mit den Fingern leicht beiseite schob, um schließlich langsam in sie eindringen zu können. Sie spielte Lüsternheit vor und griff durch den Bund seiner Hose nach seinem Penis, der seine volle Pracht schon entfaltet hatte und bei dem das feuchte Glückströpfchen schon den Grad seiner Erregung widerspiegelte. Mit gespielter Unbeholfenheit zog sie ihm schließlich ein Kondom über und ließ ihn in dem Glauben sich und sie zu befriedigen wobei sie ihn routinemäßig in das Kondom ejakulieren ließ, wobei er nicht einmal merkte, dass sie ihn geschickt mit den Fingern außerhalb ihrer Vagina befriedigte.
Als er von ihr abließ gab sie ihm das Glas und sagte, er solle sich kurz ausruhen für den zweiten teil, sie wolle nur kurz zur Toilette. Er liess sich nieder auf dem Zweisitzer im rückwärtigen Teil des Büros und schloss die Augen.
Im Vorzimmer öffnete sie rasch die oberste Schublade mit dem Terminkalender und suchte schnell nach dem 23 April. Die Woche war komplett gestrichen, Hoffmann hatte sich zu diesem Zeitpunkt einer Blinddarmoperation unterzogen.
Sie legte den Kalender rasch zurück, zog sich an und trat ins Büro. Seinen fragenden Blick beantwortete sie mit aufkeimendem schlechten Gefühls ob ihres Tuns und sie „müsse jetzt gehen!"

Bevor er seine Enttäuschung über dies plötzliche Ende der Lust in Worte fassen konnte, hörte er sie sagen:
„Ich rufe Dich wieder an, bis bald.!"
Auf der Heimfahrt regnete es, es war 0030 Uhr und Sabrina fühlte sich schlecht. Natürlich, sie hatte nicht mit Hoffmann geschlafen, obwohl dieser es felsenfest glaubte. Sie hatte ihn, wie in der Branche üblich genannt „Abspritzen" lassen, nichts weiter. Irgendwie schämte sie sich dennoch für das Vorgefallene gegenüber Ralf.
Es ist anders, wenn alle Beteiligten wissen, dass es sich um ein Geschäft handelt, für das ein Preis gezahlt wird.
Sicher, sie hatte wie üblich nicht geküsst, d. h. ihre Seele gehörte ihr, der Preis war die gewonnene Information, das Übel war einfach die Tatsache, dass Hoffmann wohl noch einige Zeit lästig werden würde und dies emotionell ihr Verhältnis mit Ralf belasten würde.
Liebe, Eifersucht und Sex waren eben doch nicht so einfach zu trennen und Ralf hatte von zeit zu Zeit mit dem Gefühl der Minderwertigkeit durch seine Behinderung zu kämpfen.Der Zweifel, ob Sabrina es doch ab und zu auskostete, mit anderen Männern zu schlafen nagte oft schwer.

Kapitel 34 „Gotcha"

Ralf war zufrieden und traurig gleichzeitig.
Als Sabrina ihm das Ergebnis ihres Tuns mitgeteilt hatte war er zum einen dankbar, andererseits lief jedoch gleichzeitig in seinem Kopf ein Film der Ereignisse, der ihn deprimierte. Es fiel ihm in solchen Phasen innerer Beziehungskrisen dann schwer zu glauben, dass Sabrina ihn liebte und diese Liebe ihrerseits über alle Zweifel erhaben sein sollte.
Hatte sie nicht doch Lust empfunden, als Hoffmann sie berührte?
War sein Orgasmus, egal wie er ihn erreicht hatte, nicht schon der Bruch ihrer Liebesbeziehung?
Fragen, die auch immer dann wiederkehrten und ihn marterten, wenn Sabrina ihrer Profession nachging. In der Konsequenz dann der Wunsch, Sabrina aus ihrem Beruf herauszuholen, wenn er doch nur das Geld verdiente, um sich diesen Traum erfüllen zu können.
Dem gegenüber stand allerdings Sabrina´s ausgeprägter Charakter. Für sie war es ein Job, wie sie sagte, wie jeder andere, und es ließ sich mit etwas Engagement, wie sie es nannte, gutes Geld damit verdienen.
Jetzt saßen sie gemeinsam am Frühstückstisch, die Nacht hatten sie getrennt im Streit verbracht.
Ralf war schlichtweg eifersüchtig gewesen.
Über den Rand ihrer Kaffeetasse hinweg, sie hatte die Ellbogen auf den Tisch gestützt und die Tasse mit beiden Händen auf Höhe des Mundes platziert, sahen ihre lächelnden Augen in seine.
„Ich liebe Dich, wirklich, Du musst mir glauben!"

128

Ihre rechte Hand tastete nach der Seinen und er überwand seine Beklommenheit und griff nach ihr.

129

Kapitel 35 „Hit Man"

Es war noch herrlich warm.
Eine Julinacht wie im Bilderbuch mit einem Meer von Sternen am Firmament.
Die Augen des Mannes hatten sich mittlerweile an die Dunkelheit gewöhnt.
Durch das Nachtsicht-Zielfernrohr mit integriertem Restlichtverstärker[1] konnte der Mann die Umgebung bis zu einer Entfernung von 450 M deutlich erkennen und „Maß nehmen", wie er das Ansprechen seines Zieles nannte.
Er schob die Custom-Made[2] Büchse mit dem Shileen-Lauf im Kaliber mit dem Fantasie-Namen Mach IV, ein Gewehr, das 6mm Geschosse mit nahezu 1280 M/Sekunde verschoss, etwas weiter durch das Gras nach vorne.
Links neben ihm stand der kleine Dioden-beleuchtete Windmesser, dessen ermittelten Werte ihm zusätzlich mittels der Eingabe des Luftdruckes in seinem Palm-Top-Computer erlaubten, blitzschnell die Korrektureinstellung des Zielfernrohrs gemäß berechneter außenballistischer[3] Korrekturwerte für den präzisen, finalen Schuss vorzunehmen.
Den modifizierten Remington 700-Verschluß der Waffe hatte er bereits geschlossen, das System war entsichert,

---

[1] Restlichtverstaärker: Vorrichtung, die vorhandenes Rest-Licht zigtausendfach elektronisch auf Tageshelligkeit
verstärkt
[2] Custom-made: engl. für Waffen bzw. Gegenstände, die als Einzelstücke nach Kundenwunsch gefertigt wer
den .
[3] Außenballistik: Die Lehre von den Einflüssen beim Schuß nachdem das Projektil den Lauf verlassen hat.

130

die handgefertigte Patrone lag im Patronen-Lager und das Zündhütchen im Boden der Hülse erwartete den Kick des Schlagbolzens, der Bruchteile nach der Entscheidung des Schützen, den Abzug zu berühren, ein kontrolliertes Inferno aus Feuer, Hitze und Druck entfachen würde.
Eine schöne Nacht für Deinen Tod dachte der Schütze ironisch, fast zu schön für Dich Du Mistkerl. Er sprach sein Opfer in dieser Weise im Selbstgespräch an, es war nicht, um seine Tat zu rechtfertigen, es war die Summe seines Tatmotivs.
Die Rechte umklammerte nun den Pistolengriff-Schaft. Seine Gedanken traten hinter die Konzentration auf die Aufgabe zurück. Alles war bis ins kleinste Detail vorbereitet. Seine komplette Ausrüstung war mit feinen Drahtseilen an ihm befestigt, somit würde er, selbst wenn er plötzlich fliehen müsste, nichts versehentlich zurücklassen. Auf seine Schuhe hatte er übermäßige Sohlen aufgeklebt, die Rückschlüsse auf den Schützen erschweren würden, sollten diese Abdrücke denn überhaupt gefunden werden.
Suchen wird man allemal nach allem und jedem nach dem, was er nun tun würde.
Das Mountain-Bike, mit dem er an der Wasserlinie fahrend, ohne Reifenspuren zu hinterlassen den zweiten Teil seiner Flucht vorbereitet hatte schien neben ihm zu schweben. Er hatte es mittels zweier Stahlstäbe im Sand neben sich aufgestellt. Dies verhinderte, dass er es in der Eile nachher womöglich suchen mußte und es war auf diese Weise spuren-technisch unauffindbar.
Seiner Erfahrung gemäß war ein geplantes Verbrechen nur so perfekt wie die Rätsel und Ungereimtheiten, die es bei den Fahndern hinterließ.

131

Eigentlich sprach er für sich selbst von Rückzug, da er sich sicher war, dass sein bis ins letzte Quäntchen möglichen Zufalls geplante Unternehmen gelingen würde und der Rückzug so problemlos wie üblich verlaufen würde. An der Mole, vier Kilometer entfernt parkte sein Auto, mit dem er schließlich zu seinem Hotel in Antwerpen fahren würde.
Die alten, halb verfallenen Arbeiterhäuser in der Nähe vor ihm gelegen, hatten, als Silhouette gerade noch wahrnehmbaren Überbleibsels der industriellen Revolution in dieser Dunkelheit gegen den Sternenhimmel abgebildet, fast etwas gespenstisches. Nur das teils renovierte Hauptgebäude aus vermutlich rotbraunen Ziegeln vermittelte noch die Wärme von Leben.
Er hatte fast einen Monat benötigt, um dies Domizil seines „Weichzieles" zu finden. Weichziel, wie pervers die Sprache doch verfremdet wird, um Gewissen erst gar nicht aufkommen zu lassen. Weichziel, dachte er nochmals. Wie wunderbar anonym ließ sich damit Mord und Töten rechtfertigen. Er schoss jedoch nicht auf solcherlei Ersatzvorstellungen. Er würde Frans van Aadvik töten.
Er wusste, was er tat. Er würde ihn unmenschlich töten. Kein sauberer Schuss, wie es sonst so schön heißt, ein perfekt angebrachter unsauberer Schuss war seine Aufgabe.
Er vergewisserte sich nochmals mit seiner linken Hand über den festen Sitz des Nachtsicht-Binokulars, einer einem Fernglas gleichenden Sehhilfe die wie sein Visier nach dem Restlichtprinzip arbeitete und die ihm den Rückzug in völliger Dunkelheit ermöglichen würde, wobei beide Hände frei bleiben würden.
Er zuckte plötzlich unmerklich zusammen – Stimmen! Die Stimmen wurden lauter.

132

Sein Atem blieb kontrolliert ruhig, denn er hatte sich autogen auf äußerste Disziplin in diesen Momenten vorbereitet.
Mit der vordersten Kuppe seines rechten Zeigefingers berührte er fast liebevoll den Abzugsbügel seiner Waffe.
Van Aadvik trat vor die Tür. Gegen 1945 war er gekommen, hatte im Anbruch der Nacht den kleinen Transporter entleert und war nun für 3 Stunden im Gebäude verschwunden gewesen.
Der Zeigefinger des Mannes krümmte sich 1/10 mm, der Schlagbolzen tat seine Arbeit, das Zündhütchen initiierte den Abbrand des Pulvers, das Geschoss wurde mit 3800 Atmosphären Druck in den Lauf gequetscht und verließ ihn mit 1287 Metern pro Sekunde, um 0.4 Sekunden später in van Aadvik`s Unterleib, 3 CM über seinem Penis einmalig seine übliche Arbeit zu verrichten.
Kaum zwei Sekunden nach der Entscheidung des Schützen lag 371 M entfernt eine röchelnde Gestalt am Boden und fühlte zwischen Schock und Panik wie das Leben aus ihr herausfloss.
Als das Zittern der Nerven im Kampf mit dem Tod einsetzte war der Schütze schon 0,5 Km weit entfernt und außerhalb des Wahrnehmungsbereichs etwaiger Zufallszeugen.
Mit einem zufriedenen Ausdruck im Gesicht, das sich unter einer Sturmhaube verbarg radelte der Mann in völliger Dunkelheit seinem Auto entgegen. Nach 3 Kilometern kam er an den Anfang der Mole und kauerte sich in den Schutz eines kleinen Holzhäuschens. Er wischte hinter diesem Bootshäuschen sein nachtschwarzes Make Up aus dem Gesicht, nahm das binokulare Nachtsichtgerät ab und fuhr, nunmehr mit Licht am Fahrrad, pfeifend in die Nacht. Über den Rücken hatte er weithin sichtbar

einen Container geschnallt, wie er normalerweise zur Aufbewahrung und zum Transport von Meeresangeln benutzt wurde.

Kapitel 36 „Firewall"

„Verdammt!"
„Wahnsinn, na endlich!"
Ralf spürte in sich aufkeimende Panik. Peter lebte die euphorische Erregung des Jägers.
Ralf hatte vor zwei Tagen Daten eines neuen Verbrechens für Brainstorm vom Zentralcomputer des BKA abgezogen und als er heute seinen Server wieder nutzte, um ein Kapitel dieses doppelten Spieles dem Netz zuzuführen war es passiert. Ein Datenpaket dessen Inhalt er nicht kannte, hatte ungeplant jedoch zeitgleich seinen Server verlassen, um seinen Weg im Internet anzutreten. Ein Datenfile[1] hatte sich sozusagen ohne Auftrag davongeschlichen in die Unendlichkeit der Bitströme.
Sein FILE-Transfer-Monitor hatte dies gemeldet, der Ausgangswächter seines Firewall-Systems. Er verhindert normalerweise dass Daten unautorisiert, d.h. ohne internen Codebit[2] das System verlassen, war aber durch eine unrechtmäßig erworbene Sendeberechtigung überlistet worden.
„Ich glaube das nicht!"
grummelte Ralf.
Er hatte plötzlich ein flaues Gefühl im Magen. Was war übertragen worden? Ralf ahnte intuitiv, was geschehen war. Sein Verfolger hatte offensichtlich in die Kriminaldateien von denen er annahm, sie seien für sein Opfer interessant, einen Virus eingebaut, der sich in der Art eines

---

[1] DATENFILE: Anzahl von Daten, die zu einer Information gehören, vergleichbar des Kapitels eines Buches:
[2] CODEBIT: Kleinste Einheit der digitalen Informationsverarbeitung, die eine Information beinhalten kann.

trojanischen Pferdes Zugang zum System des Gejagten verschaffte, indem er diesem neben den eingelassenen, unrechtmäßig verschafften Daten, quasi das Teilstück eines Informanten in Bitform hinzufügte.

Das neue daran war, und das machte Ralf Angst, dass dieser Virus so intelligent programmiert war, dass er sich aus mehreren Teilstücken, offensichtlich über den Zeitraum mehrerer Abfragen hinweg unauffindbar in sein System eingeschlichen hatte, um sich selbständig zusammenzufinden, und um dann, als er vollständig war, Daten abzuziehen und mit diesen das System in unauffindbare Richtung zu verlassen.

Der Programmierer, der das geschaffen hatte war kein Beamter, wie Ralf abfällig dachte.Der Mann war gut, der war spitze, eine Koryphäe seines Metiers, ein Besessener wie er und das machte ihn gefährlich.

Peter hingegen fühlte sich blendend. Als er am frühen Nachmittag sein System hochgefahren hatte las er die Meldung, auf die er so lange gewartet hatte und von der er nicht gewusst hatte, ob sie jemals auftauchen würde.

Es hatte sich gelohnt. Wochen hatte er programmiert, um seinen Fraktal-Kämpfer aufzubauen, wie er sein Virus nannte.

Das beste, was er in den letzten Jahren programmtechnisch geschaffen hatte. Ein Virus aus Einzelteilen, das sich selbst fand, sobald im „befallenen" System alle Teile vollständig waren und das dann in der Lage war einen Systemwächter, einen sogenannten Ausgangs-Algoritmus[3] zu analysieren und zu überlisten, um schließlich gesammelte Daten als Bote mit sich in die Freiheit zu füh-

---

[3] ALGORITMUS: Mathematische logische Rechenroutine

ren und diese dann seinem Auftraggeber oder Schöpfer zu übermitteln.
Ralf hingegen arbeitete fieberhaft, um festzustellen, welche Daten sein System ungewollt verlassen hatten. Er schwitzte und steckte sich wie in Trance eine Zigarette nach der anderen an, indem er am Stummel der Letzten die Nächste entzündete.
Peter las interessiert die Informationen, die ihm die Suche nach seinem Gegner ermöglichen würden. „Aha, der Server des Einwahlknotenpunktes, der das Spiel einspeist steht also in Karlsruhe und nicht in Nassau in der Karibik. Ein Server der Universität wird also als Internet-Zugang missbraucht. Der Typ ist verdammt clever, er arbeitet nicht über einen offiziellen Provider.[4]
„Die Uhrzeit des Beginns der Datenübertragung haben wir auch!"
Peter sprach seine Erkenntnisse leise vor sich hin, als ob er damit sicherer sein konnte, was seine Nachforschungen betraf.
„Und die Registriernummern des Betriebssystems, der installierten Textverarbeitung und einer auf dem System gefundenen Datenbank- was will der Mensch mehr?"
Peter setzte sich zufrieden zurück und nahm die Arme nach oben und schloss entspannt die Hände hinter dem Kopf.
Ralf war total mit den Nerven herunter. Nach zwei Stunden hatte er nur herausfinden gekonnt, dass Daten seinen Rechner verlassen hatten, welche ließ sich aber nicht feststellen. Was ihn etwas beruhigte war, dass er extrem

---

[4] PROVIDER: Firma, die sich darauf spezialisiert hat für die allgemeinene Nutzer den Zugang zum Internet bereitzustellen gegen Gebühr

vorsichtig gewesen war in der Vergangenheit und eigentlich keinerlei Daten in seinem System hatte, die auf seine Identität hätten schließen lassen.
Endlich rief er Sabrina auf ihrem Handy an und bat sie nach Hause zu kommen, er brauche jetzt jemanden zum reden, jemanden, der ihm die Angst vor Entdeckung und deren Konsequenz nähme.
Peter rief fast zeitgleich Angie an. Diesmal meldete er sich jedoch am Telefon. Er war gut gelaunt und hatte dadurch die Überwindung gefunden Angie zu fragen, ob sie mit ihm heute Abend ins Kino und danach etwas Trinken gehen wolle.

Kapitel 37 „**Entlarvt`**"

„Sabrina, versteh doch, dass ich es zu Ende bringen muß!"
„Na gut, aber versprich mir, dass Du die Finger von den Polizei-Datenbänken lässt!"
„Ralf, wenn sie Dich ermitteln, dann wanderst Du höchstwahrscheinlich für ein paar Jahre ins Gefängnis und das wäre eine Katastrophe für mich".
Sie hatte sich bei diesem Satz auf die Lehne seines Rollstuhles gesetzt und ihm sanft über den Kopf gestreichelt.
„Wie schön es doch war, sich einem Menschen mit all seinen Ängsten, Problemen, Hoffnungen und Plänen anvertrauen zu können",
dachte er, einem Menschen, den man darüber hinaus noch innig liebte.
Wie bei den Musketieren gab er ihr die Hand und sagte mit einem Augenzwinkern:
"Einer für alle und alle für einen",
„ich danke Dir". „Also, wo kann ich Dir noch helfen", fragte Sabrina?
„Eigentlich fehlt nur noch die Arbeit im Netzwerk von SKYE-AIR"
„Ich muss herausfinden, wo sie die Dienstpläne der Crews bearbeiten und wo die alten Files gespeichert sind".
Sabrina stand auf, zog sich den Mantel im Flur über und sagte
„tschüs, ich gehe noch kurz zu Karin und schau mal nach, ob ich ihr helfen kann."

139

Karin war eine alte Freundin, deren Ehe gerade scheiterte und die sich mit drei kleinen Kindern von ihrem Mann getrennt hatte, weil er dem Alkohol verfallen war.
Der eigentliche Grund warum Sabrina ging war allerdings, dass sie Ralf den Freiraum schaffen wollte, seine Arbeit, diese Lebensaufgabe, wie sie empfand, in Ruhe und ohne schlechtem Gewissen ihr gegenüber zu lösen.
Sie wusste um die Problematik zwischen den Geschlechtern, männliche und weibliche Interessen, was das gemeinsame Leben und das Verständnis für die Beweggründe des anderen betraf, und diese zu respektieren.
Dies war eine Lebensweisheit aus den Erfahrungen, die sie besonders in der Zeit mit ihren „normalen" Kunden gemacht hatte. Erst kam der Sex, dann das Gespräch, manchmal nur ein Gespräch und so oft die Erkenntnis, dass viele Beziehungen nur daran zerbrachen, dass dem Partner aufgrund mangelndem Verständnisses oder Respekts für dessen Motive manche Dinge im Leben tun zu müssen oder tun zu wollen, zu wenig freier Entfaltungsspielraum, zu wenig Freiheit, wie es oft bezeichnet wurde, eingeräumt wird. Die Freiheit des anderen das zu tun, das man selbst vielleicht so nicht tun würde, dessen Beweggrund man vielleicht nicht verstand und dass man ihn trotzdem erlaubte zu tun, um ihm das Gefühl des Respekts seiner Person, diese Freiheit des Handelns ohne Rechtfertigung und Reue zu vermitteln, solange der Partner durch sein Handeln den anderen nicht verletzt .
Diesen „SPLEEN" leben zu dürfen, sich nicht dafür schämen und rechtfertigen zu müssen, dass „MANN" zum Beispiel gerne mit, Modellautos spielt oder Briefmarken sammelt oder Strapse gut findet oder, oder, oder. Wie oft hatten ihre Kunden gebeichtet, dass sie sich unverstanden, unfrei, und deshalb nicht mehr glücklich

fühlten. Sabrina hatte daraus für ihr Leben die Konsequenz gezogen. Sie wusste, was für Ralf´s Seele bzw. seinen unruhigen Geist quasi lebensnotwendig war und was nicht. Sie wusste, dass er diese Aufgabe lösen musste, die er sich gestellt hatte. Sie wusste, dass er nie wieder in Gedanken wirklich frei sein würde, wenn sie ihn davon abhielte, auch wenn es klüger gewesen wäre.
Sabrina kannte die Gefahr, in der er sich augenblicklich befand und trotzdem unterstützte sie ihn gegen ihren Instinkt und ihren Verstand bei seinem Tun. Sie gewährte ihm die Freiheit die Suche nach seinem Selbstwertgefühl zu beenden, indem er beweisen konnte, dass sein Verstand in der Lage war, die Fesseln seines Körpers überwinden zu können.Sie wünschte sich dass alles gut ausgehen solle und sehnte die Zeit herbei, an dem das alles der Vergangenheit angehören sollte und das Leben in alltägliche Normalität übergehen würde, ohne die Angst vor Entdeckung und Verfolgung ihres Mannes. Sie liebte diesen Krüppel und wollte ihn nicht an die Justiz verlieren.
Bei diesem Gedanken tauchte bereits das Haus von Karin am Ende der Straße vor ihr auf und sie fragte sich, wie sie eigentlich hergekommen war. Die ganze Fahrt war von Gedanken angefüllt gewesen und nun war sie überrascht, dass sie ihr Ziel schon erreicht hatte. Als sie in der Einfahrt ausstieg kam ihr die Freundin mit übermüdetem und unglücklichem Gesichtsausdruck entgegen.
„Schön, dass Du da bist"
sagte Karin und ließ es gewähren, dass Sabrina freundschaftlich den Arm um sie legte, als sie das Haus betraten.

Kapitel 38 „Sieg mal Zwei"

Ralf zündete sich eine Zigarette an, seine Hände zitterten und er hatte Mühe, seine Gedanken zu beruhigen.
Er hielt die Dienstpläne von Herbert Ehlers aus den vergangenen 3 Jahren in Händen und was er las war zu unwahrscheinlich, um wahr zu sein.
Er rief Sabrina an.
„Du musst so schnell wie möglich nach Hause kommen!"
„Nein, nicht am Telefon!",
„Nein auch nicht über Dein Handy!"
Ralf wollte nicht am Telefon über das sprechen, was er glaubte entdeckt zu haben.
„Ja, ich verstehe, dass sie Dich braucht und mit jemandem sprechen muss, nur ich bin gerade völlig aufgeregt und muss mein Wissen mit Dir teilen".
Langsam beruhigte sich Ralf wieder während des Gesprächs. Er wusste um die Toleranz, die Sabrina ihm bei dieser Sache entgegengebracht hatte, er liebte sie für die Hilfe, die sie ihm gewährte und jetzt wollte er den Lohn seiner Arbeit bzw. den Lohn des gemeinsam Erreichten mit Sabrina teilen. Mein Gott hatte diese Frau eine Weisheit in Bezug auf Menschen und was ihn anbetraf, ging es ihm durch den Sinn. Ralf fühlte sich völlig geborgen, glücklich und zufrieden. Er erlebte dieses freudige Zulaufen eines Kindes auf die Eltern, wenn es Genugtuung empfand, eine Aufgabe gelöst zu haben oder wenn es neues Wissen mit ihnen teilen wollte. Seine Endorphine[1] spielten in seinem Gemüt verrückt.

---
[1] ENDORPHINE: Körpereigene Drogen verwandte Stoffe, die Gefühle beeinflussen können

142

Er erlebte eine Art geistigen Orgasmus, den er mit Sabrina teilen wollte. Dieses Gefühl war so mächtig, dass er kaum wahrnahm was Sabrina zu ihm sagte. Nur ganz langsam kehrte sein Geist wieder in die Realität zurück und er nahm Sabrina´s Stimme wahr.
Sie teilte sein Glück, er spürte diese Schwingungen ihrer Stimme, die Wahrhaftigkeit ausdrückten. Sie wusste um die monatelange Arbeit, die offensichtlich erfolgreich beendet worden war und sie sagte ihm, dass sie sich vorstellen könne, was er ihr erzählen musste. Sie bat ihn aber gleichzeitig um Verständnis, dass sie noch etwas Zeit bei ihrer Freundin bleiben musste; Karin war völlig am Ende und Sabrina hatte Angst, dass es evtl. zu einer Katastrophe kommen könnte.
Ralf verstand und sagte absolut ehrlich gemeint, ohne Vorwurf in der Stimme, dass sie sich Zeit lassen könne. Auf ein paar Stunden käme es nicht an.
Er liebte sie und die Freiheit des Partners, die Freiheit, die auch er ihr gewährte war die Fessel seiner Liebe.
„Sollte ich nicht zu Hause sein, bin ich bei Charly an der Ecke".
„Ich muss jetzt unter Menschen, die Wohnung wird mir gerade zu eng und ich fühle mich hier im Augenblick ohne Dich zu einsam, wenn ich nicht arbeite und arbeiten will ich heute nicht mehr".
„Komm bald, wenn`s geht, ich vermisse Dich"
Sie legten auf und Ralf machte sich fertig, um das Haus zu verlassen. Die innere Ruhe kehrte zurück und ein ganz tiefes Gefühl von Zufriedenheit stellte sich bei Ralf ein.

Kapitel 39 „All in one"

„Was glaubst Du ist der Sinn?",
fragte Sabrina.
Sie war spät nach Hause gekommen und Ralf stellte ihr nun den Stand all seiner Ermittlungen und Arbeiten vor.
Herbert Ehlers Dienstpläne hatten Ralf´s Euphorie ausgelöst. Er war am 23 April dieses Jahres im Nightstop[1] im Ramada in Bogota gewesen. Das alleine war aber eigentlich nicht der Grund für Ralf´s High-Gefühl.
Beim Lesen der Pläne und der Aufenthaltsorte war ihm plötzlich etwas aufgefallen.
„Sabrina, vor langer Zeit hast Du mich einmal mit einem Gedanken der Kritik bedacht, als Du noch nicht genau wusstest, um was es bei ´Brainstorm` ging, und als Du sagtest:
„Warum ist eigentlich immer dieser eine Jedy, der, welcher die Rätsel löst und Du fändest das langweilig."
„Das Leben ist vielleicht auch langweilig, aber diesmal macht es diese Langeweile gerade interessant!"
Sabrina schaute ihn verständnislos an.
„Du warst mit Deinen Worten ganz nahe dran, und ich war ein Trottel".
„Stell Dir vor, ein fremder Mitspieler löst alle Rätsel meines Spieles fast so wie es in der Realität geschehen war, dann haben wir ´Jedy` charakterisiert".
Und jetzt stell Dir vor, in der Realität ist auch nur immer wieder ein und derselbe der Akteur, dann wird alles logisch."

---

[1] NIGHTSTOP: Dienstlich über nacht an einem anderen Ort als dem heimischen Wohnort

144

„Mein Jedy im Spiel hat anscheinend in der Wirklichkeit auch nur eine Person als Gegenstück.!"
„Sabrina, versteh doch!"
„Jedy ist nur eine Person und die von mir nach ballistischen Kriterien ausgewählten Verbrechen wurden in der Realität wahrscheinlich auch nur von einer Person ausgeübt."
Sabrina schaute ihn beinahe fassungslos an.
„Du willst also damit sagen, als ich mich damals darüber mokiert habe, dass in Deiner geschaffenen Macho-Spiele-Welt stets nur ein Held namens Jedy der omnipotente Siegertyp ist, ich intuitiv festgestellt habe, dass all die real verübten Taten auch nur von einer Person, nennen wir ihn REAL-Jedy, verübt worden sind!".
„Genau das, Sabrina!"
Ralf nahm nun die Dienstpläne, die er aus den Datenbanken der SKYE-AIR gestohlen hatte hervor und zeigte Sabrina die Stellen, die er mit einem Marker angegilbt hatte. Herbert Ehlers war an allen Terminen, an denen es diese fürchterlichen Verbrechen weltweit gab an den entsprechenden Orten dienstlich im Einsatz gewesen oder er hatte längere Zeit OFF[2]
„Weißt Du, was das bedeutet?"
„Dieser Kerl ist Sportschütze, dieser Kerl war dort, wo all diese Opfer zu beklagen waren oder er hatte zu Hause frei gehabt. Zu keinem Zeitpunkt wäre es ihm nachweislich unmöglich gewesen eine dieser Taten auszuführen."
„Oder besser gesagt, alle diese Taten auszuführen.
Ralf legte Sabrina ein Liste der Taten, Opfer und Termine vor, wobei ein X den Vorjahreszeitraum und zwei XX

---

[2] OFF: Gesetzlich vorgeschriebener Zeitraum ohne Dienst als Wochenendersatz

das gegenwärtige Jahr betrafen. Gleichzeitig zeigte er ihr im Vergleich die Pläne.

15 x Februar Bogota
23 x Februar Hvide Sande
19 x.Juli Scientology
23 x Oktober Bill Keen
6   x November Tierblutbeamter
23 xx April Bogota
01 xx Juni Alexander Janosch
13 xx Juli Frans v. Aadvik

„Aber was hätte dieser Mann denn für einen Grund für solch grausame Taten, Ralf?"
„Vielleicht ist er in Geldnot und arbeitet als Lohnkiller, wenn es so etwas tatsächlich gibt, er scheint ja einen aufwändigen Lebensstil zu führen, wenn ich mir in Erinnerung rufe, wie er in Bisley auftrat. Vielleicht ist er Psychopath. Vielleicht ist er eine Art Agent Vielleicht gehört er einem Geheimbund an. Vielleicht, vielleicht, vielleicht?"
„Ich weiß es nicht, ich will es aber wissen und ich will wissen, ob dieser Mann tatsächlich all diese Verbrechen begangen hat. „Also doch noch nicht Schluss mit dieser Arbeit, sagte Sabrina."
„Als Du mich bei Karin anriefst hatte ich schon fast gehofft, dass alles zu Ende wäre, schade."
Ralf hörte erstmals aus diesen Worten, wie sehr sein Tun Sabrina belastete. Sie, diese starke und lebensfrohe Frau schien unter dieser Situation mehr zu leiden, als es Ralf bewusst war.

Kapitel 40 „Peter, Liebe, Leben"

„Danke für die Einladung, es war nett, dass wir uns wieder einmal gesehen haben, aber ich glaube nicht, dass es gut wäre, wenn Du noch mit nach oben kämst."
Angie verabschiedete sich vor dem Haus von Peter indem sie sich auf die Wange küssten. Peter war völlig überrascht gewesen, als sich Angie am Telephon gemeldet hatte seine Offerte annahm. Nach der langen Zeit, in der jeder nach getaner Arbeit seine eigenen, getrennten Wege gegangen war, war es irgendwie eigenartig für beide gewesen, sich privat für ein Rendezvous wiederzusehen.
Zuerst war da diese oberflächlich kommunizierende beredte Sprachlosigkeit des:
„Wie geht`s Dir eigentlich, Du siehst gut aus usw.!"
Es waren dies diese Phrasen zur Überbrückung der Unsicherheit der ersten Schritte einer Kommunikation unter Menschen, die nicht wussten, ob sie sich eigentlich noch etwas zu sagen hatten. Menschen, die über die Motive von Angebot und Annahme des Angebots sich selbst nicht im Klaren waren.Menschen, die sich im Alltag sahen, in der Anonymität des Arbeitsplatzes aber dennoch nicht die Zeit fanden mit ihren Gefühlen ins Reine zu kommen. Ex-Liebende deren ehemalige Beziehung einer Freundschaft gewichen zu sein schien. Freundschaft zwischen den Geschlechtern, als ob das überhaupt möglich sei.
Peter wusste, dass ihm immer noch mehr an Gia lag.
Er wusste, dass er sich immer noch nach den kleinen Schweißperlen auf ihrer Stirn sehnte, die er mit der Zungenspitze ableckte, wenn sie sich liebten. Er vermisste

147

die Wärme ihres Körpers, das zärtliche Tasten ihrer schlanken Finger über seine Brust, hinunter zu seiner Männlichkeit.
Das selbstvergessene sich Auflösen in der feuchten Geborgenheit ihrer Scham.
All dies ging ihm durch den Kopf, als sie bei Costas, dem Griechen zu Abend aßen.
Immer wieder kämpfte er damit, ihre Hände berühren zu wollen, diese Innigkeit menschlicher Nähe zu geben und zu erhalten. Über den Rotwein und die Kerzen hinweg suchte er in ihren Augen zu ergründen, ob er es wagen durfte, oder ob mit dem Versuch schon alles erneut beendet wäre. Er hatte Angst das Verlorene und die Erinnerung daran zu verlieren. Absurd, dachte er, dass er darum kämpfte, die Erinnerung an diese Liebe behalten zu dürfen. Im Kino waren sie nicht gewesen. Die Furcht beider vor dieser Stätte körperlicher Nähe und zumeist oberflächlicher geistiger Abwesenheit war zu groß gewesen und so hatten sie sich gegenseitig mit dem Argument, dass gerade kein guter Film läuft, für das ausgiebige Abendessen entschieden.
Angie war wunderschön und er hätte sie auf der Stelle vernaschen gekonnt, als er sie beobachtet hatte, wie sie im Restaurant zur Toilette gegangen war.
Angie wusste ebenfalls nicht genau, warum sie hier mit ihrer großen Liebe und der großen Enttäuschung ihres Lebens zu Abend aß. Sollte alles von neuem beginnen. Sollte sie es zulassen, dass sich ihre Hände zufällig berühren konnten auf dem Tisch?
Gia war aufgewühlt. Sie sah sich im Spiegel vor dem Waschbecken in der Toilette an und versucht sich selbst zu finden und ihre Gefühle mit dem Verstand in Einklang zu bringen.

Liebte sie ihn noch immer? Der erste, wirklich zärtliche Mann in ihrem Leben, der ihr das Gefühl vermittelt hatte, ein Partner zu sein, den man respektierte.
Die nicht enden wollenden Liebesnächte, in denen sie sich von einem Höhepunkt zum nächsten herausforderten.
Die Nächte, in denen Peter 3 oder 4 Mal der „Venus opferte", ein Ausdruck, den sie in einem Klassiker der Erotik gelesen hatte und der ihr nach der Zeit, in der es meist ums Bumsen, Ficken, Vögeln usw. ging gezeigt hatte, dass körperliche Liebe auch sprachlich auf ansprechendem Niveau beschrieben werden kann.
Wie oft hatte sie sich vorgestellt mit Peter zusammen zu sein, wenn ihre eigenen Finger ihre Klitoris stimulierten und sie ihren Trieb dem von ihm geführten Dildo anvertraute.
Sie liebte ihn noch immer, sie wollte und konnte es ihm aber aus Furcht vor erneuter Enttäuschung nicht zeigen. Noch nicht!
Vielleicht hielt das Schicksal einen Neuanfang für sie bereit?
Für eine kurze Romanze war sie sich aber zu schade.
Sie brauchte noch Zeit. Sie brauchte Zeit, um Nachzudenken bevor sie sich den Unwägbarkeiten des Zwischenmenschlichen erneut öffnete. Enttäuschung und Schmerz der Seele waren ihre jahrelangen Begleiter gewesen, sie wollte nicht mehr enttäuscht werden.
Peter war gerade an einer ultra-heißen Ermittlung im Computermilieu beteiligt und er hatte sich festgebissen, wie sie aus seinen Schilderungen herausgehört hatte. Schon in ihrer gemeinsamen Vergangenheit war dies der Grund ihrer Probleme gewesen. Wenn Peter eine Spur verfolgte, dann gab es weder Morgen, Abend noch Mit-

tag, es gab nur die Jagd, das Hetzen des Täters, die Selbstverwirklichung durch den Erfolg und die damit verbundene Arbeit.
Sie liebte ihn noch immer. Ob er evtl. sich geändert hatte und jetzt wusste, dass es außerhalb der Arbeit Bereiche des Lebens gab, die eben soviel Fürsorge brauchten, wie die Arbeit. Wie gerne hätte sie mit diesem Mann ein bürgerliches Leben mit den zugehörigen Kindern gelebt. Wäre er dafür der Richtige?
Sie wünschte sich diese heile Welt der Werbe-Spots. Diese soft-weiß gewaschene Vorstadt-Idylle mit den kleinen Alltagsflirts des Partners, wo Geld nicht so wichtig ist, die Arbeit noch Spaß macht und alle Menschen einander schätzten und achteten.
Diese Fiktion, der so viele Menschen nachstreben und die sich nur in Fragmenten realisieren ließ.
Angie wollte aber so viele Bruchstücke davon als möglich um die beschädigten Stellen im Mosaik ihres Lebens mit farbenfrohen Steinen auffüllen zu können.
Sie wollte Peter.
Sie wollte aber höher stehen in seiner Gunst als seine Arbeit.
Nein, heute Abend würde sie nichts nehmen oder geben. Erst, wenn sie sich sicher sein konnte, dass Peter eine innere Entwicklung durchgemacht hatte, die ihm selbst die Wertigkeit seines Handelns in Bezug auf seine Partnerin und evtl. Familie erkennen und danach handeln ließ, erhielte er eine neue Chance.
Das tat weh, es war aber ihr einzig möglicher Weg.

Kapitel 41   „**Feuer und Wasser**"

Ralf rollte zur Tür und öffnete.
Sabrina war gerade bei einem Kunden und er hatte sich soeben in der Küche einen Kaffee aufgesetzt.
„Kennst Du mich noch?".
Ralf erschrak zu Tode.
Vor der Tür stand Peter Wilks und sah ihn freundlich an.
„Du hast es mir nicht gerade einfach gemacht!"
„Bevor ich Dich verhaften lasse, möchte ich allerdings noch mit Dir unter vier Augen reden.
„Äh, ja, gut, komm herein."
„Willst Du einen Kaffee?"
„Da sage ich nicht nein", sagte Peter.
Sie begaben sich ins Wohnzimmer und Peter kam ohne Umschweife auf den Punkt.
„Du bist „Brainstorm" und ich bin einer Deiner Mitspieler, NINJA, falls es so wenige sind, dass Du Dich an den Einzelnen erinnerst?"
Ralf war noch immer völlig durcheinander. Erst langsam fasste er sich und fand einen Teil seiner Ruhe zurück. Gedanken über die so oft gefürchteten Konsequenzen seines Tuns rasten durch seinen Kopf. Drei Jahre Gefängnis war das mindeste, was er zu erwarten hatte. Er nahm einen tiefen Zug der frisch entzündeten Zigarette und fragte Peter:
"Wie hast Du mich gefunden?"
„Das war eine Höllenarbeit und ich muss Dir sagen, Du bist der begnadetste Computerfreak, den ich jemals dingfest gemacht habe".
„Du bist aber auch der perverseste Hacker, den ich seinen Taten nach kenne!"

151

„Gekriegt habe ich Dich letztlich über die Registriernummern einiger Deiner auf Deinem Computer installierten Anwendungen."
„Es war es eine aufwändige, aber wenig anspruchsvolle Tätigkeit, beim Produzenten bzw. Vertreiber der Software Deinen Namen zu eruieren."
„Aufwändig und mein ganzes Können fordern war es davor, an eben diese Registriernummern heranzukommen".
Nicht ohne Stolz sagte Peter:
"Mein Virus war doch klasse, oder?"
Ralf bestätigte dies und gab zu, dass er schon vermutet hatte, dass man ihm auf der Spur sei, dass ihm aber sein Zeitfenster und die anderen Sicherheitsmechanismen, die er benutzt hatte, wie der Firewall, genügend Zeit vor der Entdeckung zur Verfügung gestellt haben würden, um seine Aufgabe zu erfüllen.
Peter lachte gespielt, als Ralf das Wort Aufgabe benutzte.
„Ich denke, Du bist einfach ein kleiner Perverser, der sich an Brutalität weidet, um evtl. sein Leiden zu kompensieren!"
„Zuerst vermutete ich, dass es sich um einen genialen Psychopathen handelt, der auf diese Weise evtl. sogar Taten aufbereitet, von denen er mehr weiß als die Polizei"
„Du kannst Dir vorstellen, wie überrascht ich war auf den Namen eines Behinderten zu treffen und dann auch noch auf den Namen eines mir bekannten."
„Und ich Idiot habe es mir auch noch selbst schwer gemacht, Dich zu fassen, indem ich Dir letztes Jahr in Bisley gut gelaunt ein paar Details aus der Zauberkiste der Polizei mitteilte!" sinnierte Peter.

„Hast Du eigentlich schon einmal über die Konsequenzen Deines Tuns nachgedacht?", fragte Peter.
„Weißt Du was Knast für Behinderte heißt?"
Ralf erwiderte geknickt:
"Ich denke schon!"
„Gib mir einen guten Grund, dass ich wenigstens verstehe, warum man so viel riskiert!",
forderte ihn Peter auf, zu sprechen.
„Also gut, hör zu, was ich Dir zu sagen habe und dann entscheide selbst über Moral und Verwerflichkeit des Handelns",
antwortete Ralf.
„Ich denke, Du hast Brainstorm genau studiert, um zu wissen, welche Verbrechen darin aufbereitet wurden und wenn nicht, dann schau Dir diese Liste an",
dabei reichte ihm Ralf ein gefaltetes Stück Papier, das er aus seiner Hemdtasche zog. Peter blickte darauf und fand , was er bereits wusste.
„Nun, das reißt mich nicht vom Hocker",
meinte er gelangweilt.
„Moment, ich bin noch nicht fertig, gib mir wenigstens eine Chance, mich zu rechtfertigen".
„Ich bin besessen, aber nicht von Brutalität, sondern von der Jagd auf Verbrecher mit meinen Mitteln, mit den Mitteln eines Behinderten."
Ralf holte aus, nahm einen Schluck Kaffees und begann Peter mit seiner Theorie vertraut zu machen. Peter wurde im Verlauf der Erläuterungen immer schweigsamer und verkniff sich mehr und mehr seine bissigen Kommentare.
Schließlich meinte er:
"laß mich also mal zusammenfassen: Du spielst also hier den Gott der Hobbypsychologen und meinst das Wesen einer Gewalttat über Deine Mitspieler zu konkretisieren

153

und auf diese Weise , sozusagen aus dem dunklen Kern der quasi normalen Spieler einen Phantom-Täter zusammensetzen zu können, der in der Mehrzahl seiner Charakterzüge und Denkweisen einem realen Täter entspricht"
„Ja, so ähnlich",
antwortet Ralf.
„Ich habe aus all meinen Mitspielern einen Täter assoziieren lassen, der den MORPHPUNKTEN seine künstliche Gestalt verdankt."
„Die Krönung meiner Analysen wäre jetzt noch die Überprüfung meiner Theorie in der Realität gewesen, indem ich einen echten Täter zur Strecke gebracht hätte."
Peter fing an nervös zu werden. Er hatte hier ein Opfer vor sich, dass mit gut gemeinter Absicht unter die Räder der Justiz geraten würde.
„Wie weit bist Du?",
interessierte sich Peter zunehmend für Ralfs Ausführungen.
„Warte, bat ihn Ralf, der Knüller kommt gleich",
und dabei bekam er leuchtende Augen, ungeachtet der Situation, in der er sich jetzt befand. Seine Hände griffen um die Schubringe an seinem Rollstuhl und die Knöchel wurden weiß.
„Ich glaube, dass alle Taten, die Du auf dieser Liste in Händen hältst von ein und demselben Täter ausgeführt worden sind!"
Nun kam ein längerer Exkurs über all seine Nachforschungen und Ergebnisse, die ihn auf den Namen Ehlers gebracht hatte.
„Ja, dieser Ehlers, der Flugkapitän, den wir beide auch aus Bisley kennen."

154

„Ich bin so nah dran, meine Theorie zu beweisen und nun das Aus, kannst Du Dir vorstellen, wie es jetzt in mir aussieht?"
Peter fühlte sich zusehends unwohl in seiner Haut. Er hatte einen Helfer vor sich, einen begnadeten Analytiker, der seinem Leben einen neuen Sinn der Arbeit zu geben versuchte, einen Besessenen, der mehr Tat als manch einer der gut bezahlten Verwaltungsbeamten und nun musste er ihn um die Früchte seiner Arbeit bringen und somit den Guten dem Henker zuführen. Das konnte es nicht gewesen sein. Angie fiel ihm ein und er fing an, sein Tun zu hinterfragen. Was würde sie sagen, was er nun tun solle, nachdem er die Hintergründe kannte? Hatte er es nötig, sich mit solch einem Pyrrhussieg zu schmücken?
„Hör zu, sag nichts, bevor ich es mir anders überlege!"
„Es gibt nur einen, der weiß, was Du getan hast!",
dabei zog Peter eine pinkfarbene 1,44 MB Diskette aus der Tasche seines Jacketts.
„Hier ist all Dein schändliches Treiben manifestiert",
betonte er Augenzwinkern ironisch.
„Ich weiß noch nicht genau, warum ich es tue, und ob ich in meinem Alltagstrott schon vergreist bin aber nun gut, es war viel Arbeit",
dabei nahm er die Disk, öffnete den metallenen Schutzschieber und ließ die Flamme seines Feuerzeugs das Kunststoffmaterial der Magnetschicht schmelzen. Ralf hatte das Schauspiel mit großen Augen verfolgt und wollte nicht glauben, was es eigentlich bedeutete.
„Das wäre erledigt, Ralf"
Peter reichte ihm die Hand.

155

„An Deiner Arbeit möchte ich nicht schmarotzen, bitte Dich nun aber, mit mir gemeinsam diesen Ehlers zu überführen.
„Du hast mich neugierig gemacht und wieso sollte ich Dich eigentlich nicht zu meinem geistigen Hilfssheriff ernennen."
„Gnade uns Gott, wenn Du ein falsches Spiel mit mir treibst!" „Brainstorm existiert von jetzt ab aber nicht mehr für die Öffentlichkeit", befahl er Ralf.
„Wenn Du Infos brauchst für Deine Arbeit, dann ruf mich an",
dabei gab er ihm eine Karte, auf der seine Geheimnummer stand.

Kapitel 42 „The Killing goes on"

Die Leiche wurde erst nach 7 Stunden gefunden.
Es war ja auch nicht ganz leicht für die Taucher gewesen bei der herrschenden Wasserströmung die Abdrift zu kalkulieren und das Suchgelände einzugrenzen.
Als man Klaus Hagedorn aus der Bucht von Cannes fischte hörte Kommissar Lepin einen der untersuchenden Beamten „Blattschuss" sagen und strafte diese laxe Art der Wortwahl mit einem bösen Blick, sagte aber nichts weiter.
Darüber hinaus war vom „Blatt" eigentlich nichts mehr übrig. Das Geschoss hatte eine 7 cm durchmessende blutige Höhle in der Brust hinterlassen, wo einst das Herz von Klaus Hagedorn gewesen war. Es hatte von hinten eindringend Rücken und Brust durchschlagen.
Die Helfer des forensischen Instituts der Polizei von Marseille legten den Kunststoffdeckel auf den Transportsarg und trugen die aufgeweichten Reste Mensch zu ihrem Transportfahrzeug. Kommissar Lepin wandte sich der Mannschaft des Bootes zu, auf dessen Deck die Bluttat geschehen war. Er fragte die üblichen Routinefragen und wollte wissen, wie weit von der Küste entfernt die GOA gekreuzt hatte, als das schreckliche geschehen war. Der Kapitän des Bootes, das einer Leasingfirma gehörte und das man für 15000,-€ am Tag incl. Mannschaft mieten konnte, gab an, dass sie zum Zeitpunkt des Verbrechens ca. 1-2 Km von der Küste entfernt lagen und dass soeben die Vorbereitungen für das Mittagessen getroffen werden sollten. Nein, einen Schuss habe er nicht gehört, da genau in diesem Augenblick der Helikopter vom Mo-

naco Air Taxi Service auf der Schiffs eigenen Plattform zur Landung angesetzt hatte.
Auf den fragenden Blick des Kommissars erläuterte der Captain, dass an Bord des Hubschraubers ein paar Damen einer Top-Agentur aus Monaco waren, deren Service in den Kreisen des Jet-Set der Welt als das Non-plus-ultra der Branche galt.
Zu Herrn Hagedorn gab es nicht viel zu sagen. Er war einer jener gutsituierten Mitvierziger, der ein Vermögen im Medikamentengroßhandel verdient hatte und sich von Zeit zu Zeit mit Freunden ein paar Tage Erholung am Mittelmeer gönnte. Er sah gut aus oder besser, hatte gut ausgesehen. Sportliche Figur, gebräunter Teint, kosmetisch einwandfrei gepflegtes Gesicht, blonde, kurzgeschnittenen Lockenhaare, die sehr gut zu seinen leichten Sommersprossen im Gesicht harmonierten. Er war ungebunden, feste Beziehungen hatten ihm nicht gelegen und er liebte die Liebe mit mehreren Partnerinnen gleichzeitig.
Das alles war nun allerdings Vergangenheit. 45 Gramm Blei und Kupfer hatten aus diesem Beau der Gesellschaft 84 Kilo aufgeweicht blutiges Haschee gemacht.
Die Gendarmen drängten die Gaffer an der Mole zurück und Monsieur Lepin ging mit seinem Assistenten zurück zum Wagen, stieg auf der Beifahrerseite ein und gab die Anweisung dem Totentransport zur Pathologie zu folgen.
Die Crew wurde instruiert, sich für Auskünfte bereit zu halten, der Kapitän begleitete den Tross in einem weiteren Polizeifahrzeug.

Kapitel 43   **„Backstage"**

Backstage berichtete wieder einmal über Sensationelles aus aller Welt.
Heute wieder einmal über einen spektakulären Mord an einem Manager in Cannes.
Ralf rollte vom Fernseher zum Telefon und rief Peter an:
„Hallo Peter!"
„Ich weiß,
„antwortete der bevor Ralf zum Grund seines Anrufes kam.
„Du rufst wegen der Sache in Cannes an."
„Lass die Finger von unseren Datenbänken, ich versorge Dich mit den Dingen, die Dich interessieren, o.k."
„Geh online, ich sende Dir die Files von hier aus, ich habe mir den Fall bereits nach Hause mitgenommen.
„Was kann ich tun?"
fragte Ralf.
„Wie weit bist Du mit den Opfern?,
wollte Peter wissen.
„Alle Leben liegen hier als Biographien vor , das war eine Scheiß-Arbeit kann ich Dir sagen und eigentlich gibt es nichts besonderes darin!".
„Alles angesehene Leute, bis auf die Geschichte in Hvide Sande und Frans Van Aadvik, bei denen die Herkunft des Vermögens nicht ganz klar wird."
„Der Typ in Cannes war im Arzneimittelgeschäft tätig, sagtest Du?"
„Bezüglich Ehlers habe ich jede Minute seines Lebens, die jemals dokumentiert wurde"
entgegnete Ralf

„Gut, ich habe alle polizeilichen Daten und alles, was beim Luftfahrtbundesamt in Braunschweig über ihn bekannt ist."
„Ich glaube, wir sollten uns treffen und unsere Strategie festlegen!"
„Ich komme morgen Vormittag bei Dir vorbei",
sagte Peter
.

Kapitel 44 „Die Allianz"

Um 0930 Uhr klingelte es an der Türe bei Ralf .
Sabrina öffnete im Morgenmantel und bat Peter herein.
Peter legte ab und ging mit Sabrina in die kleine Essküche und sie bat ihn, sich zu setzen und mit ihnen zu frühstücken. Er nahm das Angebot gerne an, war er doch schon seit 0530 auf den Beinen und so früh brachte er zumeist keinen Bissen hinunter, jetzt war aber gerade die Zeit, in der sich sein Magen meldete und ihm Hunger signalisierte.
Ralf kam gleich zur Sache und er bemerkte, wie Peter dieses Gespräch in Anwesenheit von Sabrina unangenehm war.
„Sabrina weiß Bescheid!",
nahm ihm Ralf die Sorge.
„Glaubst Du vielleicht, ich wäre da, wo ich jetzt bin ohne meine Frau?"
Peter wurde etwas gelöster, wenngleich ihm die Tatsache mit Sabrina unangenehm war. Sollte alles irgendwann einmal per Zufall auffliegen und er und Peter die Konsequenzen aus dieser nicht ganz legalen, ja zum Teil sogar laut Rechtsprechung eindeutig ungesetzlichen Allianz tragen müssen wollte er so wenig Beteiligte wie möglich mit hineinziehen.
Ralf gab Peter einen Computerausdruck ohne Kommentar. Es war der gegenwärtige Dienstplan von Ehlers.
„NCE ist die Abkürzung für Nizza und NS heißt Nightstop".
„Allerdings ist der Kerl laut Plan schon zurück und wir werden sicherlich heute nichts mehr erreichen."

„Was stellst Du Dir vor, wie wir ihn Schnappen können?"
fragte Ralf
„Ultima Ratio !"
„Wir haben wahrscheinlich einen Verrückten oder Auftragskiller vor uns und dennoch sind unsere Hände gebunden".
„Er ist Pilot, Waffenkenner und er war an vielen Orten an denen sagen wir mal ballistisch Interessantes mit Todesfolge geschah".
„Die Orte sind aber keine Zimmer, sondern Millionenstädte und unser Wissen beweist überhaupt nichts!"
gab Peter resigniert zu bedenken.
„Also doch „Ultima Ratio!".
„Wir müssen weitere Verbrechen geschehen lassen , um diesen Killer überführen zu können".
„Ich habe Dir noch ein paar Dinge mitgebracht, die Du kennen solltest, ich war ein paar Wochen auf Dienstreise, zum Erfahrungsaustausch über ein neues computergestütztes Identifizierungs-Programm und dabei lagen Orte in Südamerika, USA , Dänemark etc. zufällig auf meiner Route",
bei diesen Worten zog er die Augenbraue hoch.
Ralf hielt die Mappe mit den Photos aus Bogota, Miami, Hvide Sande, München usw. und die entsprechenden Ermittlungsakten und Pathologieberichte in Händen
„Gut, ich werde versuchen irgend etwas zu finden, das vielleicht auf irgend etwas hindeutet!"
Peter schmunzelte:
„Das ist doch wenigstens eine konkrete Vorstellung von Ermittlungen. Du suchst etwas von dem Du nicht weißt, was es ist. Ich wünsche Dir viel Glück dabei und laß

mich wissen, sobald Du glaubst irgendeinen Ansatz zu haben."
Er betrachtete dabei aus dem Augenwinkel Sabrina, die gerade einen neuen Kaffee aus der Maschine holte und bei der sich durch die Arbeit der Morgenmantel leicht geöffnet hatte und im Umdrehen den Blick auf den Ansatz ihrer vollkommenen geformten Brüste freigab.
Junge Junge ist das ein Bilderbuchweib, dachte Peter, wobei Weib nicht in der Abfälligkeit des heutigen Sprachgebrauchs gedacht war, sondern in der Vorstellung der erotischen Rasse einer Tango-Tänzerin.
Was hat dieser Mann mit seiner Behinderung, dass solch eine wunderschöne Frau ihr Leben mit ihm teilt fragte er sich insgeheim?
Gleichzeitig kam ihm Angie wieder in den Sinn und er zwang sich wieder in die Kommunikation zurückzukehren.
„Ich habe Dir noch ein paar Kleinigkeiten mitgebracht."
Dabei gab er Ralf ein Nachtsichtgerät mit Photoadapter neuester Westfertigung, ein Parabol-Mikrofon zum Abhören im Freien, einen Minisender oder Wanze, wie es Laien, die ihr Wissen James Bond-Filmen entnahmen, zu bezeichnen pflegten und ein Subminiatur-Bandgerät mit höchst empfindlichen Mikrofon.
„Wenn das jemand spitz kriegt, dass Du diese Dinge von mir hast, dann ´fahren wir beide ein`, ein Ausdruck, dem er sich bediente, und der in Insiderkreisen den Aufenthalt im Gefängnis umschrieb.
„Ich weiß",
beruhigte ihn Ralf.
Unser Ziel wird sein wirklich einen `gläsernen´ Ehlers vor uns zu haben, den wir dereinst direkt nach einer Tat am Flughafen in Empfang nehmen können"

„Ich denke, wir können ihn niemals auf frischer Tat überführen, wir können nur ein einziges Mal, wenn wir absolut sicher sind, dass ein Verbrechen seine Handschrift trägt und er vor Ort war, sein Gepäck am Flughafen vom Grenzschutz, den ich nicht in unser Wissen einbeziehen werde, überprüfen lassen, um ihn zu schnappen"
Peter nippte an dem neuen Kaffee, den ihm Sabrina eingeschenkt hatte.
Er trank ihn easy, das heißt ohne Milch und Zucker.
Ach ja, noch was:
„Da wir alle nunmehr ein Team sind und man Hacker ja an der Farbe ihres Teints erkennen soll würde ich vorschlagen wir legen am Wochenede eine neue Maske an, wobei ich an Natur-braun gedacht habe. Eine Farbe, die man am besten beim Grillen im Freien, im Garten meines Hauses bekommt."
„Hättet ihr Lust, ich werde versuchen meine alte Liebe zu überreden, mich an diesem Tag zu besuchen und ihr seid somit die Anstandsdame, die ihr evtl. die Entscheidung erleichtert diesen Workaholic Wilks zu besuchen.
Mit diesen Worten stand Peter auf und bat, ihn bezüglich ihrer Entscheidung telefonisch so bald wie möglich zu informieren.

Kapitel 45 „Weekend"

Es war ein netter Nachmittag gewesen.
Sabrina und Ralf hatten sich, wie besprochen, gemeldet und man hatte bei Peter im Garten gegrillt, Infos ausgetauscht, weitere Vorgehensweisen abgestimmt und Ehlers Bekanntenkreis versucht zu beleuchten.
Auch Angie war gekommen, das Verhältnis zwischen Peter und Gia, wie er sie nannte, war allerdings für einen Außenstehenden spürbar freundschaftlich und dennoch angespannt.
Der Intimität der Vergangenheit stand die Unsicherheit der Gegenwart gegenüber. Gia hatte es auch vorgezogen diese Gesellschaft zu verlassen als Ralf und Sabrina aufbrachen.
Zurück blieb ein einigermaßen seine Enttäuschung darüber verbergender Peter.
Für Ralf und Sabrina existierte dies alles allerdings im Augenblick nicht, denn Sabrina genoss gerade mit dem Rücken an die Wand gelehnt, auf der Kommode im Badezimmer sitzend die Verzückungen, die ihr Ralfs Zunge schenkten.
Sie war gerade aus der Dusche gekommen, als er entkleidet ins Bad gerollt war und sie zu diesem kleinen Schränkchen gedrängt hatte. Zuerst hatte er ihre Brüste liebkost und danach ihre Beine gespreizt, um sich von den Knöcheln beginnend bis zu ihrer Scham voran zu küssen. Schließlich hatte er, nachdem er sie mit der Zunge fast bis zum Höhepunkt gebracht hatte den kleinen Massagestab, der zu ihrem Liebesleben gehörte, zu Hilfe genommen, indem er ihn sanft eingeführt hatte und den er nun rhythmisch bewegte während er ihr Stöhnen ge-

noss und zusah, wie sie selbst ihre Brüste stimulierte. Es war für ihn einfach wunderbar diese Traumfrau, die so viele Männer gegen Bezahlung geliebt und ihnen sexuelle Verzückung vorgespielt hatte in ihrer wahren weiblichen Ekstase erleben zu dürfen. Er liebte diesen Menschen über alles und empfand tiefste Befriedigung der Seele, wenn er, der Behinderte, es erreichte, dass seine Frau sich völlig loslassen konnte und in der geborgenen Vertrautheit ihrer Sexualität, zu der auch diverse mechanische Hilfsmittel gehörten, ihre nicht gespielte, echte Wollust ausleben konnte.
„Du bist wunderbar, ja, hmm, mach weiter, fester, hmm,ja!",
hörte er sie flüstern.
„ja, hmm, jetzt, uuh, jah!
Wie gerne hätte er jetzt seinen Penis in ihr gespürt, die Empfindung höchster Geborgenheit genossen um dann in den entspannten Schlaf erschöpfter Zweisamkeit hinüber zu driften. Sabrina konnte ihn zwar auch in sich aufnehmen, mehr als ihr Liebkosen mit Händen, Fingern und Mund an den Stellen, an denen er noch etwas fühlen konnte, war allerdings nicht möglich.
Einmal, nur ein einziges Mal Sex mit ihr, wie es früher war, als ich noch alles tun konnte dachte er in diesem Moment und er fühlte kurz wie Trauer in ihm aufstieg.
Sabrina schien seine Gedanken zu erahnen. Sie nahm seinen Kopf zwischen die Hände, suchte mit ihren Lippen die seinen, um ihn mit einem zärtlichen Zungenkuss zu liebkosen und sagte:
„Ich weiß, was Du gerade empfindest".
„So fühle ich mich oft bei meinen Kunden."
„Ich liebe Dich und wenn Du weinen möchtest, ich bin da, lass es los".

166

Ralf begann zu schluchzen. Sie nahm ihn mit ins Schlafzimmer, legte seinen Kopf an ihre Brust damit er den Schmerz der Seele in Geborgenheit ausleben konnte und streichelte ihn an der Stirn, bis sich der Schlaf einstellte.

Kapitel 46   **„Der ´Gläserne` und Horn"**

„Ich habe so etwas noch niemals erlebt!"
Ralf konnte die Kommunikation ganz deutlich verfolgen. Ehlers stand ca. 300 M weit weg auf dem „Grün" des Golfklubs Fortuna bei Darmstadt. Man hatte ihn nach der Landung in Frankfurt am 24 September vom Rest der Crew abgetrennt und der Bundesgrenzschutz hatte ihn einer intensiven Untersuchung seines Gepäcks und seiner Person unterzogen. Sogar eine Leibesvisitation war durchgeführt worden.Peter und Ralf waren dabei zuversichtlich gewesen, ihn endlich festnageln zu können. Doch Fehlanzeige.
Nichts, aber auch überhaupt nichts Verdächtiges konnte gefunden werden. Man hatte Herbert Ehlers vage Andeutungen in Richtung Schmuggel als Begründung für eine derart umfassende Maßnahme gegeben. Dies war von Peter vorher mit dem Grenzschutz besprochen worden, allerdings hatte er dabei ein doppeltes Spiel gespielt, indem er um Amtshilfe gebeten hatte, als Delikt fälschlich aber internationale Devisenschiebereien vorgegeben hatte.
Was war wirklich geschehen?
Am 22. September war auf den Niederländischen Antillen Collin York, dem Eigentümer der GIE Ltd (Global Import Export) der Unterkiefer weg geschossen worden. Collin York starb noch vor eintreffen der örtlichen Ambulanz am Ort der Tat.
Herbert Ehlers kehrte am 24 September von einem Charterflug zurück und dieser Flug hatte seinen Ursprung auf den Niederländischen Antillen gehabt. Als Peter am Abend des 23. Ralf angerufen hatte war so etwas wie

Triumph in seiner Stimme mitgeklungen und lakonisch hatte er das Gespräch mit den Worten eröffnet:
„Hallo, hier ist Peter, ich glaube wir haben das Schwein!"
Und dann diese Niederlage. Nichts, rein gar nichts hatte der BGS finden gekonnt. Selbst das Gepäck von Ehlers wurde nochmals nach manueller Untersuchung dem X-Ray[1] oder besser bekannt, Röntgenscanner, zugeführt. Man hatte ihn gehen lassen gemusst. Ehlers gab sich teils verständnisvoll, teils sonderbar irritiert über diese umfassenden Untersuchung.
Ralf hatte es nicht fassen gekonnt.
Alle Arbeit umsonst. 11/2 Jahre Überlegungen, Vorarbeiten, Nachtschichten, Erwartungen und 11/2 Jahre nicht gelebtes Leben, alles umsonst. Er war in eine Art depressives philosophieren gekommen und Sabrina hatte ihn, nachdem sie von ihm informiert worden war, mit den Worten getröstet, dass jegliches bewusste Tun irgendwie einen Sinn hat, auch wenn wir ihn manchmal nicht erkennen können, weil unsere Zielsetzung eine andere war.
Hierbei prallte allerdings weibliche und männliche Logik aufeinander. Ralf´s „Wunden" waren jedoch noch zu frisch, um diese Weisheit für sich zum gegenwärtigen Zeitpunkt annehmen zu können. Was nicht sein kann, das nicht sein darf entwickelte sich zu seinem Leitgedanken und er gab nahm sich vor, noch nicht aufzugeben. Zu viel hatte bislang das Bild seiner Theorie untermauert. Er war sich so sicher, dass sie einen skrupellosen Mörder vor sich hatten und dennoch fehlte alles, was die Justiz brauchte, um anzuklagen und Recht sprechen zu können:

---

[1] X-RAY: Kurzbezeichnung für die Gepäckröntgenanlage

Beweis und Motiv. Sie verfügten ausschließlich über Indizien und daraus abgeleitete Hypothesen, die dadurch gestützt wurden, dass Anwesenheit in einem Land und brutale Verbrechen ein und derselben Ausführungscharakteristik identisch mit der Person Ehlers zu sein schienen und dass jener Ehlers der jeweiligen Tat entsprechende, spezifische Fähigkeiten besaß und bei ihm eine dies bezügliche Kenntnislage vorhanden war.
Was nun?
Nun waren sie am Ende ihres Lateins angekommen. Ralf und Peter hatten sich am Abend des 26. auf ein Bierchen verabredet. Aus den beiden einstigen Rivalen entwickelte sich zunehmend eine Freundschaft. Beide wussten, dass ihr Wort galt, beide schätzten ihre Fähigkeiten fast gleich ein und beide waren nun frustriert.
Peter hatte allerdings etwas weniger mit Enttäuschung zu kämpfen. Er war bisher der erfolgreichere gewesen, hatte er Ralf doch sein Ursprungsziel erreicht und diesen Datenhacker „geschnappt". Ralfs Theorie hatte ihn aber derart fasziniert, dass er nun selbst unter den Ergebnissen sprich dem Misserfolg litt. Ralf wollte aber noch nicht aufgeben und trotzig gab er zu:
„Leben ist vielleicht doch komplizierter als Bits und Bites"!
„Ich werde die reale Welt mit einbeziehen".
„Gib mir noch ein paar Wochen, dann knöpfe ich mir den Kerl mit der High-Tec-Ausrüstung vor, die ich von Dir noch zu Hause habe";
versuchte er Peter zu überzeugen, doch noch etwas weiterzumachen.
„Ich werde sein reales Umfeld beleuchten und jedes Wort, das ich von ihm aufschnappen kann, auf die Goldwaage legen".

170

„Vielleicht haben wir irgend ein Schlupfloch übersehen?"
„Vielleicht bringt er die Waffen oder das Material, das er braucht, Wochen vorher in einem Versteck im Land unter?"
„Vielleicht hat er überall Ausrüstungsdepots angelegt?"
„Vielleicht, vielleicht, vielleicht"
antwortet Peter skeptisch, nachdenklich.
„Ich weiß es einfach nicht wie er organisiert und vorbereitet" liess Ralf keinen Zweifel bestehen, dass Ehlers für ihn derjenige welche war.
„Noch nicht!",
mutmaßte Ralf hoffnungsvoll entschlossen.
„In seiner Biographie fehlen uns ja auch noch ein paar Zeiträume, die ich eventuell noch mit spezifischem Inhalt füllen kann.
Ralfs Gedanken kehrten zurück zum Jetzt. Er saß im Auto, an der dem Golfplatz nahegelegenen Landstraße, das Richtmikrophon auf die beiden Spieler gerichtet und die russische Zenit-Kamera mit dem 2000 Millimeter-Objektiv lag auf dem Beifahrersitz neben ihm. Der Mitspieler von Ehlers erwiderte soeben, dass er nicht glaube, dass er aus diesem Stoff eine Reportage machen könne, bezüglich der schikanösen Behandlung Ehlers seitens des Zolls, da Devisenschiebereien, Geldwäsche und Anlagevergehen in der jüngeren Vergangenheit vom Thema her schon zu oft behandelt worden seien und als Interesse wach rufendes Schlagwort abgenutzt wären. Ralf hatte von beiden Männer schon eine Serie Portraits photographiert und wenn er die Abzüge bekäme mußte er sich noch Informationen verschaffen über die Identität von Ehlers Begleiter auf dem Green. Im Augenblick meinte er, dass er als Partner Herberts, wie er Ehlers in Gedan-

ken in der Intimität von Jäger und Gejagten freundschaftlich nannte, war dieser doch ein offensichtlich ebenbürtiger Gegner, Michael Horn, den bekannten Moderator von `Backstage` erkannt haben wollte.
Ralf kannte jedoch seine Schwäche in Bezug auf sein Gesichtsgedächtnis. Am Computer, seinem ureigensten Werkzeug, würde er die Identität des zweiten Gesichts auf dem Photo schnell und zuverlässig herausbekommen.
„Mein Gott ist der Mann Cool!",
kam es ihm in den Sinn. Der greift sofort auf der Vitamin-B-Ebene an, indem er auf schikanöses Handeln von Aufsichtsbehörden bei der Überprüfung unbescholtener Bürger abheben lassen wollte.
„Der will sich mit einem Medienrundumschlag den Rücken für die Zukunft freihalten".
Backstage, das beliebte Hintergrund-Fernseh-Magazin war dafür die ideale Plattform. Das Magazin, das damit warb, weltweit die schnellste Recherche und die besten Infos zu haben, ist natürlich ein mächtiger Verbündeter, der auch politisch nicht zu unterschätzende Macht besitzt. Die Macht potentieller Enthüllung, für deren Unterlassung die Sendung oder deren Macher mancherlei „Gefallen" erwarten konnten. Langsam verließen die beiden Männer die Reichweite seiner elektronischen Hör-Sinne.
Ralf hatte dennoch genug Material gesammelt. Er drehte den Zündschlüssel seines alten VW Passat um, gab mit der rechten Hand leicht Gas, kuppelte mit der Linken und fuhr nach Hause, von wo er Peter telefonisch über seine Beobachtungen informierte.

Kapitel 47 „Der Deal"

Die Bilder lagen vor ihnen auf dem Tisch.
Zwei Männer im Golfer-Outfit waren darauf zu sehen und es gab keinen Zweifel, der Mann neben Ehlers war tatsächlich Michael Horn gewesen.
Seit damals in Bisley, als er die Reportage gemacht hatte war er etwas grauer geworden und ohne Maske für die Sendung sieht er doch etwas anders aus.
„Ich bin ganz stolz auf mich" ironisierte Ralf,
„dass ich ihn trotzdem gleich richtig erkannt hatte".
Peter schob die Photos beiseite und fragte etwas provokativ:
"und jetzt?"
„Wie sollen wir weiter vorgehen und bist Du Dir wirklich sicher, dass wir uns nicht verrennen und ein Phantom hetzen!"
„Bin ich"
entgegnete Ralf
„und ich werde Dir jetzt sagen, was ich zu tun gedenke: Ich gehe ganz einfach dort hin, wo ich einzig etwas über richtig oder falsch erfahren kann, ich gehe Ehlers besuchen."
„Du willst wirklich in die Höhle des Löwen?"
„Ja, was soll schon passieren?"
„Ich werde ihn morgen anrufen und ihm Bisley in Erinnerung rufen und das Angebot einfordern, sich doch zu besuchen, wenn man mal in der Nähe zu tun hat".
„Allerdings wäre ich Dir dankbar, wenn Du Dich in der Nähe aufhalten würdest und evtl. den Minisender, den ich installieren möchte zu diesem Zeitpunkt abhören würdest."

173

„O.K.", sagte Peter,
„gehen wir also aufs Ganze.
„Das ist dann aber endgültig die letzte Aktion, dann geben wir die Theorie und die Jagd auf, versprochen!"
Es fiel Ralf schwer, die Hand Peter´s zu ergreifen. Schließlich schlug er ein:
„versprochen".

Kapitel 48   **„Anruf genügt"**

„Klar, jederzeit, ich habe gerade drei Tage OFF und würde mich freuen, über Bisley und Hobby zu klönen[1]", hörte Ralf sein Gegenüber Ehlers auf der anderen Seite des Telefons auf sein Ansinnen antworten. Zuerst war er etwas verdutzt gewesen, hatte er doch mit dem Namen Rooge nichts anzufangen gewusst. Ralf hatte ihm dann aber auf die Sprünge geholfen und schließlich schien sich Herbert, er hatte, als es klar war, um wen und was es sich es sich handelte, sofort wieder angeboten in das vertraute Du unter gleichgesinnten Sportlern zurückzukehren, wirklich zu freuen. Also gut, dann bis morgen.
.

---

[1] Klönen: Plattdeutsch für reden

Kapitel 49   „**Die Visite**"

„War nicht ganz billig, schießt aber höllisch präzise! " hörte Ralf Ehlers Ausführungen.
Ralf hielt die Maadi Griffin im Kal. 50. Browning in den Händen und war über die relativ geringen Abmessungen dieser in Bull-Pup-Bauweise[1] ausgeführten Waffe erstaunt.
Herbert hatte ihn in den Keller seines Einfamilienhauses am Rande von Frankfurt geführt, um ihm seine Sportwaffen zu zeigen, ein Wunsch Ralfs, dem er bereitwillig und nicht ganz ohne Stolz nachgekommen war.
Ralf begutachtete Büchsen von Keppeler und Menke, von Mc-Millan, Shileen und anderen. Alles, was hervorragend und teuer war, sozusagen die S-Klasse[2] unter den 7ern[3] der Autobranche. Auf der .50er thronte ein 30-fach vergrößerndes Zielfernrohr von Leupold USA.
„Deine Sammlung ist ja beeindruckend"
hofierte Ralf. Herbert war zwar stolz, wirkte aber natürlich und auf gar keinen Fall protzend, als er seine Sportgeräte, wie er die Gewehre nannte, aus dem Waffenschrank holte und sie Ralf zur Begutachtung in die Hände gab. Dies war eine sehr großzügige Geste, da auch an Waffen, deren Systeme beim Schuss 1000de Bar an Druck zu verkraften hatten mit kleinen Fehlern der Bedienung recht großen Schaden anrichten konnte. Während Ralf die Büchsen, alles Präzisions-Einzellader, in den Händen hielt, fröstelte ihn bei dem Gedanken, ob da-

---

[1] Bull-Pup: Kurz-Bauweise, bei der Lauf und Verschluß eines Gewehrs weit in den HinterSchaft hineinragen
[2] S-Klasse: Etwas behäbige Top-Kategorie von Mercedes
[3] 7 er   : Luxuriös sportliche BMW Spitzenklasse

durch wohl auf so fürchterliche Weise das eine oder andere Opfer sein Leben hatte lassen müssen.
Was ihn insgeheim noch beschäftigte war eine Frage, auf die er bisher noch keinen Reim hatte. Wie war es eigentlich möglich, dass so ein guter Schütze mit solch einer Top of Top-Ausrüstung sein Ziel zwar weit entfernt, aber oft sehr unspezifisch traf?
Um den Tod des Opfers zu gewährleisten gab es schließlich nur das Kleinhirn als Ziel oder das Herz, alle anderen Organe waren nicht sicher.
„Du lädst Deine 6mm PPC sicherlich selbst",
schloss Ralf seine unerfreulichen Überlegungen ab.
Herbert bat ihn in den Nachbarkeller, half ihm mit dem Rollstuhl über die Türschwelle und zeigte ihm eine komplett eingerichtete Ladestation von Lyman inklusive Werkbank und Matrizen. Alles war da, auch die Mach IV als Einzelanfertigung aus der Custom-Serie von Shileen. Anschließend begaben sie sich wieder nach oben und Herbert, der Ralf die paar Stufen aus dem Keller hoch geholfen hatte, dieser hatte sie ohne Rollstuhl im sitzen genommen, ließ Ralf im Wohnzimmer, welches mit schönen Stilmöbeln eingerichtet war, alleine, um in der Küche einen Kaffee aufzubrühen.
Ganz im Stile eines Junggesellen, den der Beruf mehr in die Fremde als nach Hause führte, hatte Herbert einen dieser fabelhaften Fertigkuchen, die einem ständig in der Fernsehwerbung angepriesen werden, vorbereitet und zum Kaffeegedeck jeweils einen Cognacschwenker gestellt. Allerdings waren drei Gedecke auf dem Tisch.
Ralf hatte trotz seiner Neugier vermieden, nach dem 3.ten offensichtlich erwarteten Gast zu fragen. In der Zwischenzeit hatte er jedoch die Gelegenheit benutzt hinter der Maske aus Afrika, die von einem Spot be-

leuchtet an der Wand hing und die wohl wie viele andere Gegenstände in diesem Raum von einer der zahlreichen Auslandsaufenthalte von Ehlers stammte, den Minisender anzubringen.
Gerade in dem Augenblick, als sie mit einem Remy-Martin anstoßen wollten klingelte es an der Haustüre.
„Ja, schön, dass Du es einrichten konntest",
hörte Ralf die Worte an der Türsprechanlage. Wenige Augenblicke später öffnete er die Haustüre und ließ eine sehr attraktiv ausgestattete Dame eintreten und bemerkte: „Darf ich vorstellen?"
„Denise Larousse, Ralf Rooge, ein Sportsfreund!"
Ralf gab die Hand und nickte kurz, um die höfliche Achtung zu erweisen. Denise war Französin und lebte in der Nähe von Frankfurt. Sie war in einem Reisebüro beschäftigt und hatte Ehlers auf einem Flug kennengelernt, als sie gebeten hatte, das Cockpit besuchen zu dürfen. Es war einer dieser Trips gewesen, die als Erfahrungsreisen galten und bei denen die Angestellten der Reisebüros Urlaubsgebiete und Reisemodalitäten selbst vor Ort begutachteten, um die Kundenbetreuung und Beratung zu optimieren. Auf den Seychellen kam dann, was kommen musste. Herbert hatte ein paar Tage Layover[4] im Beau-Vallon Hotel, einem Strand-Hotel mit romantischem Blick auf die Insel `La Silhouette`. Zufällig war Denise im gleichen Hotel und so tat man sich schließlich zum Zwecke der „Erforschung" der Hauptinsel zusammen. Herbert hatte charmant auf Denise`s Sprachkenntnisse abgehoben, wobei selbst für Franzosen respektive Französinnen der kreolische Dialekt der einstigen Kolonie

---

[4] Layover: Zeit zum „Rumhängen" zwischen Flugeinsätzen in einem fremden Land

178

beinahe unüberwindliche Verständigungshürden aufbaute. Den Tagen folgten Abende, Grill-Dinner am Pool und Nächte am Strand und schließlich kam auch das Doppelbett in Herberts geräumigen Zimmer zu Ehren. Denise, die kurzgeschnittene blonde Haare und eine Brille trug und die eigentlich eher ein Mauerblümchen zu sein schien, hatte ihn allerdings ganz schön überrascht. Diese Frau war ein Vulkan unter der Verkleidung eines Eisbergs. Sie wusste so viel mehr, als Mann bzw. er es ihr zugetraut hätte. Mit ihren 27 Jahren war ihr alles vertraut, was die körperliche Liebe an Entzückungen und Ekstasen bereithielt. Diese Leidenschaft hielt nunmehr schon mehrere Jahre an, zu sogenannten weiterführenden Schritten, sprich Heirat oder Kinder, hatten sich beide allerdings einhellig noch nicht entscheiden gekonnt, noch nicht. Herbert spürte allmählich allerdings die Sehnsucht nach der Geborgenheit einer konservativen Beziehung und, wie er sich ausdrückte, den Wunsch im Alter, er zwinkerte mit den Augen bei dieser Aussage, seine Kinder um sich versammeln zu können. Denise hatte die 30 noch nicht überschritten und dennoch auch bei ihr schien der Hormondruck der biologischen Uhr den Kinderwunsch zu forcieren. Dem Sex folgte immer öfter der Gedankenaustausch des sollen wir oder sollen wir nicht. Die Angst vor der Bürgerlichkeit und der Aufgabe der vielbeschworenen Freiheit der Single-Monotonie machte die Entscheidung schwer. Würde diese durch Leidenschaft entstandene und erotisch äußerst ausgeprägte Beziehung zur biederen `Hausmannskost` verkommen? Herbert war das Nomadentum der Fliegerei allmählich satt. Er hatte nie dem Image der Piloten entsprochen. Zwar sah er aus wie ein Dressman und an Gelegenheiten seine Männlichkeit lustvoll abzureagieren hatte es ihm

nie gemangelt, ausgenutzt hatte er sein gewinnendes Wesen, gepaart mit seiner Fähigkeit auf anspruchsvollem Niveau zu flirten allerdings nie.
Das war einfach nicht sein Ding. Sex ohne emotionale Bindung verglich er stets mit einem geistigen Bordellbesuch. Was er schätzte war die Freiheit, tun und lassen zu können, was ihn interessierte. Dafür liebte ihn Denise schließlich auch und sie hatte Angst davor, dass die Stetigkeit einer Beziehung, derer Kinder ihrer Meinung nach bedurften durch die damit verbundene Einengung des persönlichen Freiraums durch bedingt freiwilligen Verzicht auf die Entfaltung der Persönlichkeit all dem ein Ende machen könnten.
All das konnte Ralf nicht wissen, Denise´s Art, Herbert zu begrüßen, diese Umarmung, bei der sie auf die Zehenspitzen ging und einen Fuß nach Art eines Teenagers nach oben nahm, fand er ungewöhnlich für ihr Alter. Allerdings drückte diese körpersprachliche Geste aus, dass noch viel Verliebtheit zwischen den Beiden bestand.
Ralf schickte sich an, den Abschied vorzubereiten, er hatte genug gesehen und getan, was er sich vorgenommen hatte. Im Gehen fiel sein Blick noch auf den kleinen Bilderrahmen, der auf dem mit Papieren überhäuften Sekretär im Flur der Wohnung stand. Er traute seinen Augen nicht. Herbert Ehlers war darauf zu sehen, allerdings musste das Photo schon ca. 20 Jahre alt sein. Er posierte in einer Camouflage-Uniform mit getarnten Gesicht in einer Dschungelumgebung.
„Sind Sie das",
fragte Ralf, um sich sofort zu verbessern,
„äh, ich meinte, bist das Du?"
Ehlers lächelte und sagte:
„Ja, das war der größte Fehler meines Lebens!"

180

„Wieso wollte Ralf nun wissen?"
„Nun ja, die Legion ist für einen 18 jährigen mit Liebeskummer die dümmste Alternative und die 4 Jahre meines Lebens, die ich dort vergeudet habe kommen nicht wieder."
Ralfs Gedanken fuhren plötzlich Karussell. Er musste fort, um in Ruhe grübeln zu können und seine Informationen zu einem Ganzen zusammenzufügen. Diese Offenheit war derart unerwartet, dass Ralf nur noch daran denken konnte so schnell wie möglich mit Peter direkten Kontakt aufzunehmen, um gemeinsam analysieren und schlussfolgern zu können.

Kapitel 50 „Legion"

„Er war also in der Légion Étrangère".
„Kein Wunder, dass wir über einen Teil seiner Biographie nichts finden konnten!"
„Fremdenlegionäre werden ja anonymisiert, wenn sie in diesen Verein eintreten, in dies Sammelbecken gescheiterter, frustrierter oder enttäuscht liebender Männer, die Vergessen im Drill des Abenteuers suchen oder die einfach nur untertauchen müssen",
erläuterte Peter. Sie hatten sich diesmal bei Peter zu Hause getroffen, um den Sachstand zu diskutieren.
„Soll ich versuchen bei der Legion ein wenig nachzuhaken?",
bot Ralf seine Dienste an.
„Hat keinen Zweck, die arbeiten auch heute noch mit Karteikarten im händischen Verwaltungsbetrieb".
„Du hättest keine Chance irgend etwas zu finden, weil nichts in Computern zu finden wäre".
„Nun gut, was schlägst Du vor, ich bin mit meinem Latein am Ende?"
meinte Ralf auf Peters Ausführungen.
„Flucht nach vorn!"
„Wir besuchen ihn und ich konfrontiere ihn mit den Tatbeständen und teile ihm mit, dass ich ihn als potentiellen Tatverdächtigen vorläufig festnehmen werde, bis ich ein paar Daten bezüglich der Tatorte und Tatzeiten in Bezug auf seinen Dienstplan überprüft habe".
„Wir müssen ihm ja nicht sagen, dass wir nur glauben, alles zu wissen und keine Lücken in unserer Terminkorrelation zu den Verbrechen haben",
raunte Peter.

„Bei der Gelegenheit sollten wir auch die `Wanze` wieder mitnehmen":
„Wir sind mit dem Abhören ohne staatsanwaltliche Anordnung sowieso hochgradig illegal und riskieren unsere Freiheit".
„Letztendlich bist Du ja auch kein Ermittler",
fügte Peter seinen Ausführungen zu
„und außer einer Liebesnacht, die jedem Écouteur die Röte ins Gesicht getrieben hätte war ja auch nichts Brauchbares dabei".
Peter hatte in Anlehnung an die Typen, die sich durch Zuschauen beim Liebesakt Fremder anturnten und die man diesbezüglich als Voyeure bezeichnete das Kunstwort Écouteur geschaffen und dabei ironisch unter seinen Augenbrauen durchgeblickt.
„Wir haben nichts außer der Tatsache, dass Ehlers die Fähigkeiten, die zeitlichen Möglichkeiten, die Ausrüstung und die Ausbildung für eine Tatserie, wie wir sie vermuten, hat",
resümierte Peter.
„Der scheint vom Typ her so sicher und cool drauf zu sein, dass wir jetzt aufgeben können und warten, bis er einen Fehler begeht, der ihn an unser Messer liefert oder wir schaffen es, ihn mit unseren bisherigen Ergebnissen zu verunsichern und ihn damit aus dem Loch seiner Perfektion zu scheuchen."
„Ralf, wenn das nicht gelingt, dann ist Schluss, dann geben wir auf und gehen einen Trinken, damit Du über das Ende Deiner Hypothese eines Täterprofils hinwegkommst":

.

Kapitel 51 „**Ehlers and friends**"

Es dauerte lange, bis sich die Tür öffnete.
Ehlers hatte etwas gestutzt, als er so überraschend mit einem zweiten, unerwarteten Besuch Ralfs konfrontiert wurde, und das auch noch so früh am Morgen. Er hatte sich den Bademantel zugeschnürt, als er die Tür öffnete und staunte nicht schlecht, als der Mann neben Ralf, den er irgendwoher kannte, ihn aber im Augenblick nicht zuordnen konnte sagte:
"Herr Ehlers, Kriminalpolizei, ich heiße Wilks und möchte ihnen ein paar Fragen stellen".
Etwas verwirrt starrte er Auf Ralf und bat die beiden Männer dann herein. Denise kam aus dem Schlafzimmer und huschte in ein Laken gehüllt an den Männern vorbei ins Bad und bemerkte im Vorbeigehen, dass je früher der Morgen, um so verschlafener die Gäste seien. Ihre Art zu zeigen, dass sie solcherlei „Überfälle" nicht sehr schätzte.
„Ich werde nach dem Duschen trotzdem einen Kaffee kochen"
vervollständigte sie ihre Spitze.
„Lass gut sein" milderte Herbert ab und verschwieg, dass hier ein Polizeibeamter zugegen war.
„Gehen wir ins Arbeitszimmer und reden dort",
forderte er Peter und Ralf auf, ihm zu folgen. Dort angekommen setzten sich die drei Männer.
Peter nahm den braunen Umschlag aus der Mappe, die er unter dem Arm getragen hatte und legte ihn auf den kleinen runden Tisch, der zwischen ihm und Ehlers kauerte.
„Öffnen Sie ihn und schauen sie nach, was drin ist",

forderte er sein Gegenüber auf. Ehlers blickte nunmehr völlig fragend in die Augen seiner Gäste und zog die Dokumente und Bilder aus dem Umschlag. Er betrachtete sie oberflächlich und gab sie dann zurück an Peters.
„Was ist das"
fragte er etwas überrascht.
„Das sind die Verbrechen, von denen wir annehmen, dass sie der Indizien Lage nach von ihnen verübt worden sind".
„Sind sie jetzt eigentlich verrückt geworden?",
versuchte Herbert die Situation zu klären
„Wieso sollte ich so etwas tun?",
dabei hob er das Bild von Paolo Mendez empor und schweifte mit den Fingern seiner rechten Hand über das Photo, dass den zerschossenen Kopf des Opfers in Großaufnahme zeigte.
„Das wollen wir ja eben jetzt von ihnen wissen",
konterte Wilks.
„Sie haben die nötigen Waffen, verfügen über einschlägige Erfahrung, waren stets vor Ort und sind aufgrund ihrer Zeit bei der Legion mit dem Töten vertraut, was ja auch ihre gegenwärtige Emotionslosigkeit beim Betrachten solcherlei Bildmaterials unterstreicht".
„Ich werde Sie jetzt mit aufs Revier nehmen, da wir noch abklären müssen, wo sie am 27.August und am 23. September waren, als in Nizza und auf den Niederländischen Antillen jeweils ein Mensch brutal erschossen wurde.
Ehlers wurde nun doch nervöser, stand auf und ging zu seinem Sekretär, um dort seine alten Dienstpläne aus der Ablage zu nehmen.
Nach einem kurzen prüfenden Blick gab er mit völlig unverständlicher Mimik die Pläne an Peter und räumte ein:

„Ich war an den von Ihnen genannten Terminen auch dort, aber das ist doch absurd!"
„Was hätte ich denn für einen Grund für so was?"
Er schüttelte den Kopf und spielte diese Überraschung und Ratlosigkeit nahezu perfekt, dachte Ralf.
„Das heißt, Sie ersparen uns weitere Ermittlungen und geben zu, dass sie bei den Taten im jeweiligen Land anwesend waren!"
„Ja, ich war offensichtlich zeitgleich mit diesen Verbrechen in diesen Ländern, ich habe aber nicht die geringste Ahnung, was das mit mir zu tun haben sollte."
„Natürlich, ich bin Sportschütze",
spann er den Faden weiter
„aber ich bin kein Mörder und einen Grund, Motiv, wie Sie es wohl nennen, so etwas zu tun hätte ich auch nicht"
„Ich habe ja auch nicht erwartet, dass Sie sagen: O.K. ich war's, nehmt mich mit",
konterte Peter.
„Sonderbare Zufälle sind es aber doch, müssen Sie zugestehen!"
„Ihren Paß werde ich nicht mitnehmen, sie hätten ja Mittel und Wege, das Land trotzdem zu verlassen, ich warne Sie aber, Interpol wird es nicht schwer fallen, sie weltweit aufzuspüren, sind Sie erst einmal als Täter indiziert!"
Peter nahm die versteckte Betroffenheit seines Gegenüber mit Genugtuung wahr, konnte er dadurch hoffen, dass sein alle Ermittlungs- und Rechtsvorschriften übertretendes Vorgehen für die nötige Einschüchterung gesorgt hatte. Ehlers würde zumindest, wenn er tatsächlich der Täter war, keinen weiteren Mord begehen. Sollte er fliehen, dann hätten sie zwar den Beweis ihrer Theorie gewonnen, müssten allerdings international nach ihm su-

chen lassen. Es war somit alles, was man ohne Einschalten offizieller Stellen von Polizei und Staatsanwaltschaft hatte tun können. Man hatte den vermeintlichen Täter um seine Ruhe gebracht. Für den Staatsanwalt wäre die Indizien-Lage ungenügend gewesen und das Verfahren sicherlich eingestellt worden. Die Frage, wie sie es noch schaffen sollten, diesen Mann zu überführen schien gegenwärtig noch unlösbar, Ehlers war extrem intelligent vorgegangen und außer völlig unbeweisbaren Vermutungen war diesem Perversen offensichtlich kein Motiv nachweisbar. Ohne Motiv und nicht auf frischer Tat bleibt er ein unbescholtener, angesehener Staatsbürger.
„Ich denke, wir sollten jetzt gehen", sagte Peter zu Ralf gewandt und erhob sich. Sie ließen einen ziemlich verwirrten Ehlers zurück.
Denise stand in der Küche an der Kaffeemaschine und sagte nichts, als man ihr eröffnete, nun doch ohne Kaffee den Besuch zu beenden. Sie hatte intuitiv gefühlt, dass es Herbert jetzt lieber wäre, wenn sie nicht versuchte diesem Besuch gegenüber eine gute Gastgeberin zu sein.
Unten auf der Straße vor den Autos angekommen, waren beide erleichtert darüber, dass es vorüber war.
„Weißt Du Peter", sagte Ralf,
„das macht mir ganz schön zu schaffen, diesen Mann, der mir so freundlich und offen bei meiner ersten Visite entgegenkam zum zweiten Mal unter solch geänderten Vorzeichen zu treffen".
„Daran gewöhnt man sich in meinem Beruf", führte Peter aus."
„Wenn Du wüsstest, wie viele nette Killer ich in meiner Laufbahn kennengelernt habe, dann würdest Du so etwas weniger dramatisch empfinden."
„Hast Du die Wanze", fragte er.

187

„So ein Mist, ich hab´s total vergessen"
und, um sich selbst etwas zu trösten erwiderte Ralf noch:
„eigentlich war ja aber auch fast keine Gelegenheit gewesen, sie wieder unbemerkt zu entfernen".
„Machen wir halt das Beste daraus und hören noch eine Weile rein in die gute Stube",
witzelte Peter.
„Können wir uns übermorgen bei Dir treffen, Ralf.?"
„Null Problemo, bis dann, tschüs!"

Kapitel 52   **„Die Stimme der Wahrheit"**

„Komm mit, ich habe da was, das Dich umhauen wird!"
Ralf nippte am halb kalten Kaffee und gab Peter einen Computerausdruck, den dieser aufmerksam studierte.
„Ich hatte doch Dein Minitonbandgerät mit dabei, als wir bei Ehlers waren und habe unser Gespräch dort aufgenommen."
Nach einer Weile zog Peter die Stirn in Falten, um dann zu fragen:
"Für wie aussagekräftig hältst Du das denn?"
„Besser als gar nichts und idiomatisch wertfrei."
„Und wie bist Du und auf was eigentlich gekommen?" insistierte Ralf.
„Nun ja, Du glaubst wohl, weil ich das Gros meines Lebens vor dem Screen verbringe weiß ich nichts von der anderen, realen, oder in der realen aber im Verborgenen existierenden Welt?"
„Das Gegenteil ist der Fall, gerade weil ich behindert bin aber über ein quirliges Köpfchen verfüge interessiert mich alles und jedes":
„Ich habe auch mehr Beziehungen und Bekannte, die hinter ihren Kisten sitzen und Bekannte von Bekannten usw."
„Also, noch am Abend unseres Besuchs habe ich die Tonbandaufnahme digitalisiert und sie diesem Angestellten von TOP-SEC nach USA mit dem Modem gesandt."
„Nein, Du brauchst nicht so bestürzt zu gucken, ich habe es so geschnitten, dass es nicht auf diesen Fall hindeutet"
Peter hörte interessiert und nunmehr entspannt zu.
„Mein Bekannter führte nun die elektronische Sprachanalyse durch und kam zu dem Ergebnis, dass der ihm

unbekannte Ehlers kein einziges Mal gelogen hatte, als er sprach."
„Ralf, weißt Du, was Du gerade sagst?."
„All Deine Hypothesen sind somit erledigt und wir können zu Ehlers, die Wanze holen und ihn um Gnade bitten!"
Peter benutzte das Wort Gnade etwas überzeichnet, Ralf verstand aber schon, wie er es verstanden haben wollte.
„Apropos Wanze!"
„Ich hatte Dir heute noch die letzten Bänder mitgebracht, damit Du sie abhören kannst und evtl. was Verdächtiges finden würdest."
„Die letzten 2 Tage habe ich nicht Mal Zeit zum Einkaufen und Essen gehabt",
begründete Peter dies Ansinnen.
„Eigentlich ist es überflüssig, ich mach´s trotzdem noch, danach ist dann aber Schluss, ich gebe dann auf!"
„Wenn Du jetzt die Probleme damit hast aufzugeben, die ich hatte,"
meinte Ralf,"
dann empfehle ich Dir Dich mit Sabrina zu unterhalten.
"Sie hat mich die letzten zwei Tage auf das Schlimmste vorbereitet",
sagte er lächelnd.
„Gut, ruf mich an und sage mir, ob ich eine Therapeutin brauche",
nahm Peter den Wink auf und verabschiedete sich von Ralf.

Kapitel 53 „Michael"

Ralf hörte den Mitschnitt seiner Wanze ab.
„Hey Michael, was läuft denn da für ein Ding?"
„Die Polizei war bei mir und verdächtigt mich ein Serienkiller zu sein."
„Nein, ich beruhige mich nicht, ich will wissen, ob Du von so einer Sache etwas weißt?"
„Das ist wohl alles an Terminen passiert, an denen Du mich begleitet hattest".
„Ich hoffe, Du hast nichts damit zu tun oder hast Du mich belogen von wegen Recherche und etwas Erholung".
„Nein, Deinen Namen habe ich mit keiner Silbe erwähnt."
„Ja, wir sollten uns treffen und darüber reden, der Meinung bin ich auch."
Als Ralf das Ende der Aufzeichnung erreichte war er so gebannt, dass er vor dem Tonbandgerät sitzen blieb und zu begreifen versuchte, was er soeben gehört hatte. Er spulte das Band zurück und hörte es erneut ab. Es war ein Telefonat von Ehlers mit einem Unbekannten, das ca. ½ Std. nach ihrem Besuch bei ihm geführt worden war.
Ralf rollte zum Telefon.
„Rooge, ja Angie, er soll mich unbedingt sofort anrufen, wenn er nach Hause kommt"
„Sag ihm, es ist alles wieder offen und um es platt zu sagen, das wahre Leben scheint spannender zu sein als der beste Krimi"

Kapitel 54 „Gefährliche Spiele"

„Ich könnte mich in den Hintern beißen!"
Peter war sauer. Alles schien sich nun doch noch zu entwickeln. Zwar anders als ursprünglich erwartet, dennoch kamen sie offensichtlich einem Serientäter näher, konnten aber fast nichts tun. Ihre Abhöraktion war illegal gewesen und das Gehörte konnte somit niemand juristisch verwenden.
Darüber hinaus wurde ihnen mehr und mehr bewusst, welch ein gefährliches Spiel sie spielten. Eigentlich war der Ausdruck Spiel in diesem Zusammenhang schon irgendwie abnorm. Sie konnten im Augenblick nichts anderes tun, als weiterzumachen, irgendeine rechtliche Handhabe hatten Sie aber nicht. Deshalb war Peter auch so böse, böse auf sich selbst. Er hatte diesen Fall, der eigentlich überhaupt nicht auf seiner Kunst der Kriminalistik basierte, von Ralf übernommen und sie hatten sich wie Anfänger verhalten. Eigentlich absurd war aber die Tatsache, dass eine illegale Handlung, die Hacker-Aktivitäten von Ralf, offensichtlich zur Detektion einer ganzen Mordserie führte, sie beide aber so weitgehend ungesetzlich ermittelt hatten, dass sie nun die Hilfe des Staates seriös nicht mehr in Anspruch nehmen konnten. Wie leicht wäre es gewesen, wenn sie offiziell Herberts Telefon hätten abhören lassen können. Statt dessen mussten sie einseitige Informationen, die Wanze übertrug ja nur die Geräusche und Gespräche des Raumes, zu einem Ganzen in mühseliger Kleinarbeit zusammensetzen. Und dann? Wenn sie schließlich den Täter überführt hatten, wie sollten sie dann weiter vorgehen? Es war sehr unwahrscheinlich, dass die offiziellen Autoritäten des

192

Staates hier für Gerechtigkeit sorgen konnten, sie mussten Recht und Ordnung mit Mitteln aus Recht und Ordnung verteidigen. Ralf wurde sich allmählich der Aussichtslosigkeit ihres Handelns bewusst. Sie würden irgendwann in kürze einen Serienkiller überführen können und würden ihn gleichsam laufen lassen müssen
„Ist alles schon dagewesen",
dachte Peter und sprach diesen Gedanken dabei laut aus.
„Es gibt vom Footballspieler bis hin zum Senator solcherlei Gewissheit einen Täter vor sich zu haben, der allerdings so geschickt agiert, dass das Gut sein Recht zu schützen, das Gut des Rechtsschutzes des Opfers unterläuft."
Sprachlosigkeit breitet sich unter den beiden aus. Ralf zog unwillig an seiner Zigarette und trank, wie gewöhnlich, seinen Kaffee fast kalt.
„Weiter!"
entgegnete er trotzig, nachdem er die Tasse abgestellt hatte.
„Ich tue das für mich, und wenn ich ihn 100% ig überführt habe, dann überlege ich mir, was ich mit ihm tun werde, jetzt verdränge ich erst einmal diesen Gedanken!"
„Vielleicht hast Du recht, vielleicht müssen wir die Verantwortung bis zum Schluss übernehmen",
meinte Peter dazu und er sah in einer trotzigen Art entschlossen aus, dass Ralf diesen Satz im Raum stehen lies, ohne eine konkrete Antwort nachzufragen.
„Fang schon einmal an, das Passwort ist „Queen", ich liebe dieses Lied „Who want`s to live for ever"
von Freddy Mercury und damit verließ er den Raum, um in der Toilette seinen Urinbeutel zu leeren. Peter tippte das Codewort ein und machte sich auf den Weg ins Reservierungssystem der Skye-Air, um die „Michaels" zu

suchen, die zeitgleich mit Ehlers an den Orten der Verbrechen waren. Als Ralf zurückkehrte hatte Peter bereits die Suchroutine gestartet und sie wussten, dass sie jetzt einige Zeit nichts tun konnten, als zu warten.
„Was tun wir, wenn wir den Namen wissen",
eröffnete Ralf erneut die Diskussion.
„Der Täter ist direkt oder indirekt von Ehlers gewarnt",
nahm Peter den Sachverhalt auf,
„wir müssen aber mehr erfahren und deshalb gedenke ich dann, mir nochmals Ehlers zur Brust zu nehmen".
„Wie lange schätzt Du, dass Dein bester Freund",
er meinte den Computer,
„ benötigt, bis er Brauchbares auswirft?"
„Ich schätze, bis die 1000de von Passagieren gelistet sind werden schon 1-2 Stündchen vergehen."
„Sabrina, haben wir noch ein paar Pizzen im Haus?",
glaubte Ralf die Zeitfrage verstanden zu haben.
„Nein",
sie antwortete, ohne sich vom Fernseher abzuwenden,
„es gibt ja aber Mario an der Ecke, der liefert auch nach Hause und etwas Rotwein haben wir noch im Keller".
„Wie war doch gleich die Nummer von Angie?",
wollte Ralf wissen. Er hatte längst bemerkt, was Peter an dieser Frau lag und abends im Bett hatte er nach ihrem Besuch bei Peter noch lange über diese offensichtlich kritische Beziehung mit Sabrina geredet. Bevor Peter intervenieren konnte, legte Ralf eine CD in den Computer, öffnete ein weiteres Fenster und hatte alsbald die Nummer. Mit einem Siegerlächeln und ohne Peter zu beachten wählte er Angie´s Anschluss. Sekunden zwischen Bangen und Hoffen vergingen und Peter hörte Ralf am Telefon sagen:

"Ich bin es, Ralf Rooge, der Typ mit den rollenden Beinen".
„Neben mir sitzt ein gewisser Peter, den sie von einem gemeinsamen Besuch bei einem Herrn Wilks kennen".
„Leugnen ist zwecklos, wir verfügen über eindeutige Beweise".
Ralf machte es Spaß, dies Gespräch in der lustigen Form eines Verhörs zu führen.
„Ich möchte sie nun bitten, auf mein Revier zu kommen, wir brauchen noch ihre Zeugenidentifizierung und für weitere Ermittlungen ihren Gebiss-Abdruck in einer noch zu beschaffenden Pizza".
„Darf ich ihr Lachen als Einverständniserklärung werten?",
hörte Peter voller Hoffnung die Frage.
„Das tut mir aber wirklich leid",
Peter`s Enttäuschung war Augenblicklich in seinen Augen zu erkennen,
"dass sie wirklich kommen werden",
witzelte Ralf weiter, worauf Peter´s Augen wieder Glanz annahmen.
„In ca. einer Stunde, wir bestellen dann entsprechend".
Ralf legte auf und Peter tat so, als wolle er ihm an die Gurgel springen.
„Weißt Du, was mir diese Frau bedeutet?"
„Ich denke schon", kam es aus dem Fernsehsessel. Sabrina hatte sich zu Wort gemeldet.
„Weißt Du, was Du dieser Frau bedeutest?",
fragte sie zurück.
„Bist Du so dumm oder tust Du nur so?"
„Ich weiß nicht, was zwischen euch vorgefallen ist, diese Frau liebt Dich aber noch immer".

„Es ist diese Liebe, die Frauen auch für Männer empfinden, die sich wie Vollidioten verhalten haben und die es aber im Leben einer Frau nur einmal gibt."
„Ich hoffe, Du kapierst, was Du an dieser Frau hast und wie sehr Du sie scheinbar verletzt hast!"
„Auf Deiner Party hatte ich ja genug Gelegenheit, mit ihr zu sprechen."
Sabrina gab damit einen kleinen Wink mit dem Zaunpfahl, dass sie sich bei dieser Party etwas partnerschaftlich vernachlässigt gefühlt hatte. Ralf hatte verstanden, schob seinen Rollstuhl in ihre Nähe und gab ihr einen anhaltenden Zungenkuss.
„Entschuldige bitte, ich weiß, dass Männer die Aufgaben häufig dem Partner voranstellen.",
dabei schaute er Peter in der Art an, dass dieser verstand, dass dieser Satz auch für ihn bestimmt war.
„Peter, ich gebe Dir einen einzigen Rat und aus der Art, wie Du ihn befolgst wird er gut oder schlecht für Dich sein",
sprach Sabrina jetzt ihm zugewandt.
„Du liebst diese Frau noch, sie liebt Dich noch!"
„Wenn Du etwas für Dich selbst und Dein kümmerliches Beamtenleben hinaus erreichen willst, dann geh auf sie zu, zeig ihr Deine Wertschätzung und Deinen Respekt in einer Form, die einer Frau ihre Würde belässt und die ihr das Selbstwertgefühl liebender Anerkennung vermittelt, schenk ihr nicht Hab und Gut, schenk ihr Deine Aufmerksamkeit und schenk ihr einen Teil Deiner kostbaren Zeit für Zweisamkeit, dann habt ihr die Chance für einen Neuanfang, wie ich annehme".
Peter fühlte sich betroffen und erleichtert zugleich.
„Siehst Du, sie bringt es auf den Punkt, auch wenn`s zunächst einmal weh tut, aber dafür liebe ich sie"

196

beendete Ralf das Schweigen. Bis es an der Tür klingelte, wussten die beiden alles über ihren Gast und seine gemeinsame Vergangenheit mit Angie. Sabrina hatte ihm noch einen Satz mitgegeben, der die Zeit zwischen dem Klingeln und dem Eintreffen Angies füllte:
"Du und Ralf arbeiten gerade an den Abgründen der menschlichen Psyche, an den Abgründen menschlichen Verhaltens, wobei das Wort Mensch hierbei einen gewissen Fehler der Evolution umschreibt, aber eben deswegen solltet ihr zwei genau wissen und gelernt haben, was wirklich wichtig ist im Leben und wie man diese gute Seite der Macht, Du kennst doch bestimmt War of Stars, für sich findet."
„Ralf ist da schon weiter als Du, viel Glück,"
dabei küsste sie ihn auf die Wange. Angie trat ein und als gäbe es eine Fortsetzung ließ sie sich beim Eintreten von allen, auch von Peter auf die Wange küssen. Es wurde noch ein langer Abend und schließlich wussten am Ende alle über den Kriminalfall Bescheid und trotz aller Diskussionen nahm sich Peter immer wieder Zeit für Angie. Sein Herz klopfte wie damals in seiner ersten Tanzstunde, als er versuchte ganz unabsichtlich ihre Hand zu berühren und sie es geschehen ließ. Zum ersten Mal seit langer Zeit schaute er sie auch wieder bewusst an und begriff den Ausdruck in ihren Augen, der sagte: Enttäusche mich nicht, ich will Dir ja so gerne erneut vertrauen, Dir meine Liebe schenken und mit Dir zusammen sein und der gleichzeitig diese Furcht vor dem erneuten Zulassen und der möglichen Enttäuschung der Gefühle für den anderen ausdrückte.
„Es ist schon reichlich spät".
Ralf sah auf die Uhr und stellte lakonisch fest, „Morgen ist ja Sonnabend, wir sind alle nicht mehr ganz nüchtern

und wenn einer von Euch auf der Couch schläft, kann es sich der oder die andere im Gästezimmer gemütlich machen. Peter nahm die Couch und Angie zierte sich zunächst, nahm aber nach ein paar Worten unter Freundinnen mit dem Gästezimmer vorlieb. Als Ralf und Sabrina schon zärtlich kuschelnd schliefen lagen in ihrer Wohnung zwei Menschen, 5 Meter voneinander entfernt, die sich in Gedanken so nah waren, diese Nacht aber dennoch getrennt und grübelnd bis in den Morgen verbrachten. Die Aussicht auf den gemeinsamen Morgen mit Frühstück ließ schließlich die Müdigkeit siegen und auch sie schliefen ein.

Kapitel 55   „Die Vier"

Ralf legte die Liste auf den Frühstückstisch, den die beiden Frauen so schön auf dem Balkon hergerichtet hatten.
Außer einem Co-Piloten mit Vornamen Michael, der aber nicht an allen Terminen dabei gewesen ist, gab es nur noch einen weiteren Namen Michael, der alle Anforderungen erfüllte: Miachel Horn
„Doch nicht etwa der Michael Horn, von Backstage?",
fragte Angie.
„Genau der und jetzt gibt das alles auch einen Sinn: Der Golfplatz, die Frage nach Recherche auf dem abgehörten Band usw."
Herbert Ehlers und Michael Horn sind entweder Killer-Komplizen oder",
Sabrina führte den Satz zu Ende:
„einer von beiden hat den anderen benutzt."
„Wieso einer von beiden, das verstehe ich nicht",
grübelte Peter.
„Hast Du Dir schon einmal überlegt, was wäre, wenn Ehlers ahnt, dass er abgehört wird und uns auf die Spur eines anderen leiten will. Der Kerl ist ein Fuchs und er weiß auch, dass er von einem Team gehetzt wird, das nicht mit den Mitteln der normalen Kriminalisten arbeitet."
„Der hat doch kapiert, dass hier ein völlig anderer Ansatz dahintersteckt und entsprechend reagiert er"
„Psychopathen sind ja meist nicht gerade aufs Köpfchen gefallen",
bestätigte Peter das Gedankenspiel.
„Und was wollt ihr tun, wenn ihr einen von beiden oder beide überführt habt?",

schaltete sich Angie ein.
„Vor keinem Gericht der Welt würdet ihr mit so dünnen Beweisen etwas erreichen!"
„Da haben wir auch schon drüber gebrütet, sind aber nicht zu einem Ergebnis gekommen:"
„Wir können schließlich die Justiz nicht selbst in die Hand nehmen...., oder?"
provozierte Ralf.
„Da wärest Du der Richtige",
frotzelte Peter,
„aber das sollten wir nicht diskutieren, es gibt da keine befriedigende Lösung, noch nicht".
„Uns bleibt eigentlich nur die Genugtuung einer bewiesenen Theorie auf Deiner Seite und das ich Dich schnappen konnte auf meiner Seite",
gab Peter zu.
„Und jetzt?",
wollte Ralf wissen.
„Jetzt bringen wir's zu Ende und besuchen morgen Ehlers auf dem Golfplatz und quetschen ihn aus."
„Ich will das jetzt zu Ende bringen, egal wie, und dann ist endgültig Schluss mit dem Beruf als Lebensinhalt:"
„Wenn die Welt sich nicht ändern lässt durch unsere Arbeit, dann gibt es wichtigeres in der Zukunft zu tun";
dabei nahm Peter die Hand von Angie, schaute ihr ganz offen und ehrlich in die Augen, erhob sich aus seinem Stuhl und küsste sie ganz zärtlich über den Tisch gebeugt auf den Mund und sie ließ es geschehen.
„Ich denke, es ist zwar nicht ganz einfach",
warf Ralf ein,
„Aber wir sollten die Sitzordnung ändern."
Sabrina meinte schließlich:
"man sollte die Feste feiern, wie sie fallen"

und dass sie jetzt eigentlich Lust auf ein kleines Sektfrühstück verspüre.

Kapitel 56 **„Freunde fürs Leben"**

Ralf und Peter standen mit Ralf's Auto auf dem Parkplatz vor dem Golfclub Fortuna. Sie warteten bereits seit ca.2 Std. und endlich kam Ehlers. Er wollte zu seiner Corvette, als Peter rasch von hinten an ihn herantrat und ihn bat mit zum Auto auf der anderen Seite des Parkplatzes zu kommen. Erstaunt, aber bereitwillig kam er der Aufforderung nach. Im Auto sitzend ging Peter sofort zum Angriff über:
"Welche Rolle spielt in ihrem Spiel Michael Horn?"
Ehlers blieb gelassen, offensichtlich gab es keine Nachricht oder Neuigkeit an Ermittlungsfakten, die ihn beunruhigen konnte. Peter hatte so etwas in seiner Laufbahn noch nicht erlebt.
„Das ist ein lange Geschichte, die sich ganz kurz erzählt",
erwiderte Ehlers seelenruhig. Dann erzählte er die Geschichte seines Lebens, die sehr eng mit der von Michael verknüpft zu sein schien. Ihre Freundschaft führte aus der in einem Waisenhaus verbrachten Kindheit mit dem ersten gegenseitigen Kräftemessen zu einer unzertrennlichen Jugend zweier Halbwüchsiger mit allen Träumen und Hoffnungen für die Zukunft, die man an warmen Sommertagen nebeneinander gemeinsam auf dem Rücken im Gras liegend sich erzählen konnte. Die ersten Mädchengeschichten, die üblichen Schwierigkeiten in der Schule und der Wille, einmal ein anderes als das gegenwärtig geführte, somit glücklicheres Leben, in naher Zukunft führen zu können waren ein Band ihrer Freundschaft. Ehlers hatte sich schließlich mit 18 Jahren in ein

Mädchen verliebt und sie wurde kurze Zeit später schwanger von ihm.
Als er diese oft erträumte, bessere Zukunft gefährdet sah, verließ er sie.
Sie hatte sich daraufhin das Leben genommen und er war an dieser Situation fast zerbrochen. Er wollte büßen, um sein Gewissen zu beruhigen und so hatte er sich bei der Fremdenlegion in Straßburg beworben. Michael war aus Solidarität damals mitgegangen. Sie waren jung, motiviert, gereift und dennoch manipulierbar und so wurden sie bei einer Spezialeinheit zu SNIPERN[1] ausgebildet.
Ersten Einsätzen in Afrika folgte eine Auswahl und die Weiterbildung von Horn zum Einzelkämpfer mit Springer-und Ausbildung zum Kampfschwimmer, Ehlers wurde als Hubschrauberpilot aus-und später weitergebildet.
Es gab allerdings einen Einsatz, den er nie vergessen hatte. Michael war dabei bei den Bodentruppen, die Herbert ins Kampfgebiet geflogen hatte. Als er nach zwei Tagen zur Basis zurückgekehrt war Michael nicht mehr derselbe gewesen. Er hatte mit Herbert nie über diesen Einsatz gesprochen, kurze Zeit danach hatte er aber die Legion verlassen. Herbert war dieser Männergemeinschaft damals auch überdrüssig. Er war in die arabischen Emirate als OFF-Shore Pilot gegangen, hatte gutes Geld verdient und davon dann in den USA die Verkehrspiloten-Lizenz erworben und sie nach einiger Zeit auf die Deutsche Lizenz umschreiben lassen, nachdem er einige Zeit auf den Seychellen für einen Insel-Zubringer-Dienst gearbeitet hatte. Er und Michael hatten sich aber nie ganz aus den Augen verloren. Michael arbeitet zunächst als freier Photograph für diverse Illustrierte und berichtet aus den Kri-

---

[1] SNIPER: Scharfschützen

sengebieten der Welt. Über verschiedene Reportagen, bei denen er Bild und Textmaterial lieferte wurde er bekannter und irgendwann versuchte er bei einem Fernsehsender sein Glück.
Er war in Insiderkreisen kein Niemand mehr und so erhielt er seine erste Chance bei einer nachmittäglichen Sendung, die sich mit den Trends der gegenwärtigen Sportwelt, besonders mit den Risikosportarten befasste.
Die Jahre vergingen, die Karrieren beider entwickelten sich und sie sahen sich immer wieder, drei bis viermal jährlich, nach Anruf und Absprache. Dann vor zwei Jahren war Horn in die Nähe von Frankfurt versetzt worden Michael hatte Backstage geschaffen und zu einem der renommiertesten, weil bestens recherchierten Magazinen des Hauptabends gemacht. Seither sahen sie sich häufiger und immer wieder reiste Michael mit Skye-Air, wobei er häufig von Herbert mit Tickets versorgt wurde.
Als Begleiter von Herbert war er oft mit der Crew vorzeitig auf die Maschine gegangen und hatte dort die Zeit bis zum Boarden[2] der Passagiere im Cockpit aufgehalten bzw. hatte er bei voll gebuchter Maschine den Jump-Seat[3] auf Anweisung von Herbert belegen gekonnt.
Herbert beendete seine Biographie mit dem Satz:
„Und jetzt habe ich irgendein Ding am Hals, von dem ich selbst noch nicht weis, wie ich dazu stehen soll?".
„Herr Ehlers, mich interessiert jetzt nur eines: Wenn Horn mit ihnen unterwegs war, musste er dann auch durch den Sicherheitscheck am Flughafen?"

---

[2] BOARDEN: Einsteigen der Passagiere
[3] JUMP-SEAT: Notsitz im Flugzeugcockpit

„Eigentlich schon, aber ich habe ihn oft als neuen Mitarbeiter vorgestellt, der einen Streckenerfahrungsflug mitmacht, dann gingen wir so durch."
„Danke, sie können jetzt gehen, sagte Peter.
Als Herbert mit seinem Wagen den Parkplatz verlassen hatte erklärte Peter Ralf gegenüber:
„Der sagt die Wahrheit, der war es nicht"
„Wie kommst Du darauf?",
fragte Ralf
„Der Schlüssel ist das mit dem Sicherheitscheck!"
„Wir müssen uns diesen Horn greifen, ich will mit diesem Kerl selbst reden:"
„Laß uns nach Hause fahren."
„Meinst Du, wir können heute noch herausbekommen, wo sich Horn aufhält?"
„Worauf Du Dich verlassen kannst",
sprach Ralf, als er einkuppelte und sich der Wagen in Bewegung setzte.

Kapitel 57 „Wo ist Horn?"

Peter fuhr zu Rooge. Für seine Arbeit im Büro hatte er fast keine Ruhe mehr. Der Gedanke, Ralf´s Theorie zu beweisen, die Hintergründe zu erfahren, ließ ihn nicht mehr los. Wie er diesen Behinderten doch in der Vergangenheit gehetzt hatte, ohne um die wahren Gründe für dessen Handeln zu wissen. Und jetzt, jetzt waren sie Komplizen auf der Seite des Rechts. So schnell werden aus ehemaligen Feinden Freunde, wenn man sich nur die Mühe machte, die Motive oder die Hintergründe des Handelns des anderen zu verstehen. Auf der Fahrt nach Hause, im Anschluss an das Gespräch, das sie mit Ehlers geführt hatten, hatte ihn Ralf um etwas gebeten, das für ihn sehr wichtig war. Er wollte mit dabei sein, wenn er Michael Horn gegenübertrat und er ihn verhaftete. Genau das hatte sich aber als Problem herausgestellt. In der Datenbank der Redaktion hatten sie diverse Aufzeichnungen gefunden, die Recherchen zu einer der kommenden Sendungen betrafen. Es ging um die Geldwäschegeschäfte des Bankplatzes Schweiz und Horn war für diverse Nachforschungen und Interviews, wie es hieß, in Genf unterwegs. Peter hatte nun eine Schwierigkeit zu meistern. Die Verdachtsmomente waren zu schwach, um offiziell Schweizer Behörden einzuschalten. Wenn er Horn nun als deutscher Kripobeamter im Ausland ohne Unterstützung der Landesbehörden zu nahe käme und nichts Stichhaltiges vorzuweisen hatte, dann würde ihn dieser nach seiner Rückkehr mit der Macht seiner Sendung und der Beziehungen, die er sicherlich hatte, fertig machen und als paranoiden Idioten diffamieren, der sich mit solch einer Story aus dem grauen Einerlei normaler Fälle

und Ermittlungen seines Büroalltags abzusetzen gedachte. Letztlich konnte sich der derart massiv bedrängte Horn jederzeit absetzen und sie könnten seine Spur verlieren, dann wäre alles umsonst gewesen. Davon kommen lassen wollte er aber diesen Massenmörder auch nicht. Seine Überlegungen kreisten immer wieder um die letzte Konsequenz aller Mühen. Horn konnte ihnen ins Gesicht lachen und alles bestreiten, wo waren sie dann angekommen? Wer sollte richten wo das Recht offensichtlich seine Grenzen fand? Er hatte diesbezüglich bereits eine Vielzahl verrückter Gedanken gehabt. Selbst Hand anzulegen war ihm schon in den Sinn gekommen, diese letzte aller denkbaren Lösungen verwarf er aber, würde er doch in den Augen der Justiz und der Gesellschaft schlicht zum Mörder und das Recht Leben zu nehmen stand ihm nicht zu. Er wäre dann ja kein bisschen besser gewesen als dieser offensichtlich kranke Mensch.
Ab wann wäre die Schuld dieses Delinquenten auch so eindeutig bewiesen gewesen, dass sie die finale Konsequenz gerechtfertigt hätte? Fragen über Fragen und dazwischen immer wieder Angie und das Abwägen, ob ihm die Gerechtigkeit oder die Zukunft in harmonischer Zweisamkeit mehr Wert war. Tief in seinem Innersten wusste er aber, dass er diesen Fall, zu Ende bringen musste, um seinen Seelenfrieden zu finden. Wenn er sich jetzt entschied, aufzugeben, dann trüge er an jedem weiteren Verbrechen, so es denn geschähe, eine Mitschuld.
Wie hätte er dann ein ruhiges Leben mit Angie führen gekonnt? Ralf war schließlich ebenfalls ein Problem.
Er wollte seine Theorie bewiesen sehen und deswegen wollte er noch mit Horn vor dessen Verhaftung sprechen. Für Horn wäre die Allianz eines Kripobeamten mit einem Hacker, der als Hobbykriminalist Theorien entwi-

ckelt, ein gefundenes Fressen für seine Verteidigung gewesen. Schließlich hätte er eine Mann im Rollstuhl vor Ort als Ermittler auch nicht glaubhaft machen gekonnt.
Peter fühlte sich ausgelaugt und gleichzeitig unter Zeitdruck. Man konnte ja schließlich davon ausgehen, dass Ehlers seinen Freund aus alten Tagen anrief und dieser überlegte bestimmt schon im Augenblick, was er tun sollte. Horn war bestimmt schon dabei, zu überlegen, wie er sich verhalten sollte. Die Behörden wussten viel, dass war ihm klar, ob sie beweisbar alles wussten, dass sollte für seine Überlegungen was als nächster Schritt zu tun sei, ausschlaggebend sein. Peter war bei Ralfs angekommen. Er sprang aus dem Auto, rannte die Treppe hinauf, statt den Fahrstuhl zu nehmen und klingelte an der Tür.
Die Nerven machten sich bemerkbar und er fühlte ein Kribbeln in der Magengegend. Ralf öffnete die Tür und bat Peter einzutreten. Der blieb allerdings im Eingang stehen und sagte:
„Er residiert im Ambassador in Genf"
„Wie lange brauchst Du, um reisefertig zu sein?"
Ralf sagte verschmitzt:
"Die Tasche ist schon gepackt, lass uns gehen".
„Willst Du Sabrina nicht informieren?", fragte Peter.
„Sie weiß Bescheid, dass ich irgendwann kurzfristig gehen müsste und irgendwann ist eben jetzt"
„Und Angie?",
konterte Ralf.
„Sie weiß, dass dieses eine Mal das letzte Mal ist und mir frei gegeben, um mich zu binden" Er grinste. Sie fuhren nach Stuttgart und flogen noch am gleichen Nachmittag nach Genf.

Kapitel 58   „ **Schein und Sein**"

Ralf und Peter kamen um 1400 Uhr in Genf an. Es war ein Tag wie aus dem Bilderbuch. Im Anflug hatten sie dieses Idyll von Gebirge und See genossen und Ralf, der auf der linken Seite gesessen hatte, war es darüber hinaus vergönnt gewesen, den berühmten Springbrunnen zu sehen, der mit seiner über 100 M hohen Fontäne das Wahrzeichen dieser noblen Stadt ist. Sie fuhren mit dem Taxi in die Innenstadt, dort wo zwischen der sich teilenden Rhône das Hotel Ambassador zu finden war. Peter wunderte sich immer wieder, wie rasch sich Ralf bewegen konnte. Am Flughafen waren sie mit einem speziellen Fahrzeug für Behinderte abgeholt worden und das Einsteigen ins Taxi gestaltete sich einfacher, als es Peter sich vorgestellt hatte. Ralf lehnte dabei mit dem Gesäß, nachdem man ihn hingestellt hatte, die Beine gespreizt an der Fahrzeugtür. Den Oberkörper hatte er nach vorne gebeugt und mit den Händen drückte er jeweils das rechte und das linke Knie in der Richtung, in der er lehnte, durch. Er bildete sozusagen ein beinahe freistehendes Kräftedreieck. Was blieb, war, ihn vom Wagen nach vorne zu kippen, ihn dort zu halten, bis die Tür geöffnet war und ihn dann ins Wageninnere auf den Sitz rutschen zu lassen. Es war zwar immer noch Hilfe nötig, dennoch hatte es sich Wilks komplizierter vorgestellt. Im Ambassador fragten sie ohne große Umschweife nach dem Reporterteam Horn. Die Mannschaft sei außer Haus, an diesem Tag stünden offensichtlich ein paar Aufnahmen am See zur Einstimmung der Zuschauer der Reportage an. Sie fanden das Team tatsächlich dann auch an der Mole.

209

Es waren Horn, eine Visagistin, der Tontechniker, ein Kameramann und ein Beleuchtungsassistent sowie ein Helfer. Gerade war eine Szene abgedreht worden, bei der Horn an der Pier stehend, den Springbrunnen im Rücken, ein erstes Statement abgab. Jetzt ging die Crew zum Landungssteg. Dort lag ein älterer Raddampfer, der gerade Passagiere für eine Seerundfahrt an Bord nahm. Ralf und Peter besorgten sich schnell ein paar Tickets und enterten als letzte vor dem Ablegen das Boot. Zwei Matrosen halfen dabei, Ralf an Bord zu bringen. Peter hatte sein Handy und ein paar Kunststoffhandfesseln dabei, um Horn notfalls festnehmen oder besser gesagt, festhalten zu können, bis die Schweizer Polizei sich der Sache annehmen könnte. Der Kameramann drehte das Ablegen des Schiffs gegen die Stadt, Horn zog sich in eine ruhige Ecke im überdachten Bereich des Bootes zurück und vertiefte sich in seinen Text, den er nachher in die Kamera sprechen würde. Da es trotz des Fahrtwindes noch relativ mild im Freien war an diesem Oktobernachmittag, war dieser geschützte Deckbereich fast menschenleer.
Ralf und Peter hatten an diesem Tag ein relativ schweigsames Miteinander, der Puls schlug aber beiden bis zum Hals in Erwartung dessen, was sich wohl ergeben würde. Peter überkamen Zweifel, ob es die richtige Entscheidung war, hierher zu kommen. Was war eigentlich das Ziel, das sie jetzt verfolgten. Dieser Mann verhielt sich nicht so, als hätte er die Absicht, zu fliehen. Wahrscheinlich war ihre Aktion völlig überflüssig und sie hätten getrost auf die Rückkehr dieses Fernsehteams in Deutschland warten gekonnt. Gut, jetzt waren sie nun einmal da und Peter war entschlossen, aufs Ganze zu gehen.
Er würde Horn mit den Tatsachen ihrer Recherche konfrontieren, ihn als Mörder anprangern, seine Reaktionen

210

abwarten und versuchen ihn zum Eingeständnis der Tatbestände und damit verbunden zur Aufgabe zu bewegen. Wenn alle Stricke rissen und Horn zu fliehen oder sich zu entziehen versuchte, dann hatte Peter folgenden Notfallplan angedacht: Ralf sollte ihm einen Schlag ins Gesicht versetzen, worauf er einen lautstarken Disput mit Horn vortäuschen und die Polizei holen lassen würde. Als Grund würde Ralf eine Beleidigung seitens Horn über seine Behinderung reklamieren. Damit hätten sie zumindest Zeit gewonnen, und man könnte Horn einige Stunden auf dem Revier halten. In der Zwischenzeit würde Peter dann offizielle Stellen in Deutschland kontaktieren, die dann die Schweizer Behörden um Amtshilfe bitten könnten. Sollte sich wider erwarten alles als Flop herausstellen, dann war nicht zuviel Aufhebens gemacht worden.

Kapitel 59 „Die Moral und der See"

Ralf ließ sich von Peter ins überdachte Bootsdeck schieben. Peter näherte sich danach Horn von hinten, während Ralf quasi die Tür verteidigte.
„Herr Horn!",
Peter hatte gerade das Wort an Horn gerichtet, als der, ohne seine Aufmerksamkeit von dem Text, der vor ihm lag abzuwenden erwiderte:
„Ich habe sie erwartet, nehmen sie doch Platz"
und ohne sich umzudrehen hinzufügte:
„Sie können auch herüberkommen Herr Rooge ".
Ralf und Peter waren völlig überrascht von diesem Verlauf der Begegnung.
„Hatten sie gedacht, Herbert ließe mich ins Messer laufen?",
fragte er ironisch, wie es schien.
„Wir hatten damit gerechnet, dass sie gewarnt würden", konterte Peter, der langsam seine Überraschung überwand.
„Was werfen sie mir vor?",
fragte Horn mit seiner tiefen und völlig gelassen intonierenden Stimme.
„Das fragen sie noch, sie sind, und ich denke, dass ich dafür Beweise habe, der dreisteste Killer, den ich in meiner bisherigen Laufbahn entlarvt habe",
sprach Wilks nun etwas gelassener. Er vermied es dabei mit Blicken Ralf ins Gespräch mit einzubeziehen, um nicht hilfesuchend zu erscheinen.
„Was wissen sie denn schon?"
nahm Horn den Vorwurf auf.

212

„Halten sie uns wirklich für so einfältig, hierher zu kommen, ohne konkrete Verdachtsmomente. Sie haben nach unseren Erkenntnissen 10 Menschen umgebracht und ich werde alles dazu tun, dass sie dafür zur Rechenschaft gezogen werden. Eine Bestie wie sie gehört eigentlich für die nächsten 300 Jahre ins Gefängnis."
Ralf spürte Genugtuung in sich aufkeimen, als er dieses Schauspiel beobachtete und die zunehmende Wut Peter's bemerkte.
„Bestie, ein hartes Wort für einen Menschen, von dem sie eigentlich überhaupt nichts wissen, oder",
entgegnete Horn.
„Mussten Sie schon einmal töten, oder kennen sie Tod und Leichen nur aus der Pathologie?"
„Ich habe getötet, ja"
„Dieses gerechte Töten auf Befehl höherer militärischer Instanzen"
„Vor vielen Jahren war ich bei der Legion, wie sie ja wissen."
„Ich war damals in einer Staffel von Scharfschützen bei einer Spezialeinheit für strategische Aufgaben.
„Wir hatten den Auftrag erhalten selbständig den Anführer einer Guerilla in Afrika zur Strecke zu bringen."
„Sicherlich hat Herbert ihnen erzählt, dass ich von diesem Einsatz irgendwie verändert zurückgekehrt war".
„Nein, lassen sie mich ausreden, vielleicht ist jetzt die Zeit gekommen, die Vergangenheit aufzuarbeiten",
dabei hob er die rechte Hand, um Peter das Wort abzuschneiden.
„Ich hatte diesen Dreckskerl nach tagelangen Märschen und Stunden des Pirschens und Lauerns endlich im Visier"

213

„Er hatte seit Wochen Zivilisten zwangsrekrutiert und alle, die sich widersetzten wurden augenblicklich zur Abschreckung am Marktplatz des jeweiligen Dorfes hingemetzelt.
„Der Herr Oberst",
man spürte bei diesen Worten die ganze Verachtung, die Horn für diesen Militär empfunden haben musste,
„trug eine kugelsichere Weste und auf seinen Schultern saß ein kleines Mädchen, allerdings nicht wie bei einem netten Onkel, der damit dem Kind einen besseren Überblick verschaffte, nein, als nettes kleines niedliches lebendes Schild".
„Das wir ihn jagten, konnte er sich ja denken".
„Mein Spotter Alain und ich wussten, dass dieser Mann für Massaker an ganzen Ortschaften verantwortlich war und nun schickte er sich an, nach getaner Arbeit das Weite, sprich die nächste Siedlung zu suchen. Der Helikopter wartete schon mit laufendem Rotor und mir war klar, dass ich nur diese eine Chance bekommen würde".
„Ich hatte sein linkes Ohr im Fadenkreuz, der Schenkel des Mädchens war direkt darunter"
„Eigentlich kein Thema."
„Genau in dem Moment, als ich jedoch abdrückte, drehte sich das kleine Mädchen nach vorne und mein Projektil zerfetzte zuerst diesen kleinen Körper, bevor es dem Möchtegern-General das Kleinhirn zerriss."
„Unser Auftrag war erfüllt, mein Spotter und ich saßen allerdings noch Sekunden wie paralysiert da, bis der Gegner uns unter Feuer nahm."
„Alain wurde getroffen und im Sterben fragte er:
"Warum mussten wir das tun?"
„Diese Frage stelle ich mir jede Nacht vor dem Einschlafen und jeden Morgen nach dem Aufstehen, wenn die

grausame Zeitlupe der Erinnerung mit der Nacht vergeht."
„Und deshalb sind sie zum Mörder geworden"
provozierte Wilks mit ironischem Unterton
„und nehmen für sich die Rechtfertigung dieses traumatischen Erlebnisses in Anspruch!"
„Sie sind eindimensional im Denken und sehen nur die Oberfläche",
rechtfertigte sich Horn in einer Weise, die eigentlich einem weisen Lehrer und keinem Massenmörder zustand.
„Was wissen sie schon über Töten, Moral, gut und böse?"
„Sie sehen doch nur das Ergebnis und nicht den Hintergrund"
„Kein Hintergrund rechtfertigt solche Ergebnisse"
mischte sich Ralf mit den Worten, die er gerade gehört hatte, ein.
„Ganz wie sie meinen! Meine Herren. „Was bedeutet denn Moral für sie",
fragte Horn.
„Das tut doch nichts zur Sache, es gibt keine Moral des Tötens",
postulierte Wilks. Es war irgendwie eine groteske Situation. Sie saßen an einem herrlichen Nachmittag auf dem Aussichtsdeck auf einem Ausflugsschiff auf dem Genfer See und unterhielten sich mit einem kaltblütigen Mörder, der im Fernsehen für sich und seine Reportagen den Anspruch des erhobenen Zeigefingers für Moralität nahm.
„Doch, es gibt eine finale Moral",
behauptete Horn,
„eine Moral, die das Töten zum Wohle der Gerechtigkeit erlaubt. Eine Moral des Tötens als Buße für begangenes Unrecht."

„Sie sind ja völlig durchgeknallt",
wandte Peter ein. „Sie sind fern der Realität" verwarf Horn diese Attacke. „Ihre gutbürgerliche Realität wird durch den Täter erschüttert!"
„Haben sie schon einmal daran gedacht, dass ihre Realität",
es schien ein Reizwort für Horn zu sein,
"vom Opfer erschüttert wird."
„Einzig der Faktor Zeit unterscheidet bei meinem Tun Täter und Opfer. Wen sie heute als Opfer bemitleiden, der war vielleicht in der Vergangenheit Täter, oder?"
"Hören sie jetzt zu und ich bitte sie, mich nicht zu unterbrechen, danach können sie mir ihre Vorstellung von Moral erläutern."
Horn legte sich etwas zurück und begann mit seinen Ausführungen.
„Ich werde ihnen jetzt Informationen geben, die sie in der blinden Wut ihrer Jagd auf mich als Bestie sicherlich übersehen hatten, sich zu beschaffen":

„Enrico Alvarez:
Angesehener Mediziner in Bogota:
Er hat Kindern aus den Slums die Retina entnommen, um sie reichen Europäern und Amerikanern einzupflanzen. Oft wurden Kinder von kaltblütigen Mördern dafür angeliefert wie Schlachtvieh.

Björn Svenström:
Er drehte Kinderpornos in Hvide Sande in der Villa vor der ich ihn erledigt habe. Die Kinder wurden von mittellosen Eltern teils verkauft, teils wurden sie im Ausland gekidnappt. Auch Snuff-Movies die mit dem Tod der Kinder endeten wurden von ihm produziert.

Rolf Dressler mit Gemahlin:
Dieser Taugenichts war bei allem, was er anpackte ein Versager bis er auf den Trichter mit der Sekte kam. Zwei Kinder starben, weil dieser Guru in seiner Sekte Bluttransfusionen verbat. Seine Gemahlin war keinen Deut besser.

Bill Keen:
Chef eines internationalen Holzkonzerns, der korrupte Polizeibeamte anheuerte, um im Amazonas Indianer töten zu lassen, damit er günstig an den wertvollen Edelholzbestand auf ihrem Territorium kommen konnte.

Adalbert von Heusen:
Deckte und betrieb Schiebereien mit Aids verseuchtem Blut in Blutkonserven, die von der Firma seiner Frau durchgeführt wurden.

Alexander Janosch:
Der Kerl kaufte Aidskranken für ein Trinkgeld ihre Policen der Lebensversicherungen ab, um sie dann mit gutem Aufschlag weiter zu verhökern an Anleger, für die es nichts besseres gab als den baldigen Tod des eigentlichen Policennehmers. Das hätte von der Moral allerdings für mich noch nicht gereicht. Er handelte auch international mit Organen und kaufte in Indien Kinder armer Familien, die dann irgendwo unauffindbar verschwanden.

Paolo Mendez:
Er war der Zögling und würdige Nachfolger von Alvarez.`Der Organist wurde er süffisant in eingeweihten Kreisen hinter vorgehaltener Hand genannt.

217

Frans v. Aadvik
Er war mit Björn Svenström bekannt und der zweite europäische Mann in dieser Connection.

Klaus Hagedorn:
Ein international angesehener Geschäftsmann, der minderwertige Medikamente in die dritte Welt exportierte, viele Mittel sogar giftig und für den Tod von unzähligen Menschen verantwortlich.

Collin York:
Chef eines international tätigen Konzerns, der gegenwärtig auch Fleisch vermarktet und mit dem Verschieben durch Reimport, von mit gefälschten Papieren versehenen BSE-Rindern horrende Gewinne erwirtschaftete."

Ralf und Peter hatten gebannt zugehört und nachdem Horn geendet hatte sahen sie sich schweigend betroffen an.
„Nun sagen sie mir, wo Moral beginnt und wo sie endet?"
fuhr Horn fort. Ralf ergriff das Wort und dachte laut nach:
"jetzt verstehe ich, warum solch ein guter Schütze sonderbarerweise so unterschiedlich „schlecht" traf."
„Das war Absicht, sie haben den Tod an der Stelle des Körpers des Opfers herbeigeführt, der dem moralisch verwerflichen Tun dieser Personen als Symbol am nächsten kam, bzw. mit den Mitteln herbeigeführt, die das Täter-Opfer selbst billigend in Kauf nahm, stimmt's?"
„Sie sind ein flinker Denker",

sagte Horn etwas arrogant
„Formuliert, wie es ein Staatsanwalt nicht besser könnte", f
ügte er hinzu,
„somit haben sie die ihnen zur Verfügung stehenden Hilfsmittel, wie ihren Mitarbeiterstab für Recherchen missbraucht, um ihren privaten Rachefeldzug vorzubereiten, bzw. um an die entsprechenden Informationen zu kommen."
Peter bat, ihn zu verbessern, wenn er unrichtige Schlüsse ziehen sollte.
„Bisher liegen sie ganz gut",
gab Horn daraufhin zu. Er ergänzte aber die vorangegangenen Überlegungen von Wilks, indem er zurechtrückte, dass er die Mitarbeiter nicht benutzt hatte, sondern dass er umgekehrt, erst dann den Plan einer erneuten Aktion für seine Art der Gerechtigkeit entwickelte, wenn durch seine Helfer ein neuer unmoralischer Sachverhalt recherchiert worden war, der die finale Moral seines Tuns rechtfertigte.
„Hatten sie nie bedenken, einen Unschuldigen zu töten", wollte Ralf wissen
„Dann hätte ich nicht geschossen".
„Ich habe es im Grunde nur für dieses kleine Mädchen getan, damit das Unmoralische ihres Todes für mehr Moral auf der Welt sorgen sollte."
„Es gibt überhaupt keine Moral des Tötens" ,
erklärte Peter seinen Standpunkt.
„Auge um Auge, Zahn um Zahn, wie halten sie es mit den Regeln der Religion"
entgegnete Horn.

„Aber lassen wir das, unsere Biographien und die damit verbundenen Weltbilder und Wertetabellen scheinen nicht dieselben zu sein."
„Sagen sie mir statt dessen lieber":
„Wie haben sie eigentlich die Verbindung zwischen all diesen, sagen wir es, Attentaten hergestellt",
bat Horn um Aufklärung?
„Ich war stets nur als Einzelgänger aktiv, die Art des Todes sowie die Zielpunkte der Treffer sollten nur die anderen, die um die wahren Geldquellen hinter den noblen Fassaden wussten, einschüchtern und warnen."
„Meine Waffen hatte ich mit Hilfe von Herbert unschwer vor Ort schaffen gekonnt. Ich hoffe, er ist mir nicht böse, dass ich seine Gutmütigkeit dafür ausgenutzt habe".
„Orte und Taten waren doch ebenso unverbindlich, wenn ich dieses Wort in diesem Zusammenhang verwenden darf, wie auch weltweit gestreut, gewählt."
Nicht ohne Stolz meldete sich Ralf zu Wort und führte aus, dass seine Hypothese die Einzigartigkeit eines Täters ließe sich aus der Summe der Charaktereigenschaften eines spielenden Kollektivs definieren, zum Erfolg geführt habe.
„Zunächst wurden Sie als Phantom zusammengesetzt, oder besser als Phantombild der Seele eines Mörders in der fiktiven Reproduktion der Taten, und der Eigenschaften der Akteure, wie sie von den Mitspielern ausgewählt worden waren, um ihre Aufgaben in diesem Abbild der Realität zu lösen".
Horn schlussfolgerte:
„Sie haben mich somit über ein Spiel, entwickelt aus der Realität, entlarvt, deren Fakten ich geschaffen hatte." Eigentlich hatte ich gedacht, ich sei perfekt vorgegangen"

„Allerdings tröstet es mich auch, und gibt mir Hoffnung für den Fortbestand dieser Welt, dass mein Denken und konsequenterweise somit auch mein Fühlen nicht einzigartig ist" „Das lässt bei der Frage der Moral für mein Gewissen den Ausweg von Mehr-und Minderheit des Denkens zu. „Aber lassen wir das."
Die Visagistin war soeben eingetreten und sagte:
"Bist Du fertig Michael?"
„Ich bin gleich soweit",
antwortete Horn.
Sie kam herüber, bat sich den Weg frei und fing an, Horn etwas für den Take zu schminken.
„Du solltest zu Deinem Dreh nach draußen, die Crew wartet schon."
Ralf und Peter sahen sich an und wussten eigentlich nicht mehr, was sie nun sagen oder tun sollten.
Peter flüsterte:
„Ich kann ihn doch nicht so einfach gehen lassen?"
„Gut, dann tu, was Du tun musst",
flüsterte Ralf und nach einer kurzen Pause fügte er hinzu:
"ohne darüber nachzudenken, ob es richtig ist."
Peter half Ralf nach draußen. Ein paar neugierige Touristen hielten sich in der Nähe des Kamerateams auf. Horn kam dazu und machte eine kleine Lichtprobe für seine Anmoderation. Er ging in seinen Ausführungen auf diese zauberhafte Landschaft im abendlichen Sonnenlicht ein, in der dunkle Geschäfte an der Tagesordnung seien. Das Boot fuhr nach Absprache etwas langsamer, um einen gleichbleibend ruhigen Hintergrund zu gewährleisten.
Ralf fragte Peter fast unhörbar:
"Und was kommt jetzt?"
Peter sagte leise:

"Mord bleibt Mord, es gibt da keinen Unterschied zwischen Gut und Böse oder gerecht und ungerecht, oder willst Du Dir darüber ein Urteil anmaßen, wer den Tod verdient hat und wer nicht?"
Ralf gab zu bedenken, dass er es nicht ganz so einfach sähe und dass alle vermeintlichen Opfer doch selbst weit mehr Opfer zu verantworten hatten.
„Darüber zu urteilen ist Sache der Gerichte, Mord bleibt Mord, das Motiv für den Mord interessiert mich eigentlich nur bei den Ermittlungen"
blieb Peter bei seinem Statement.
Ralf, der Peter jetzt schon etwas genauer kannte, konnte sich des Gefühls nicht erwehren, dass Peter sich nur selbst Mut machte, um sein bisheriges berufliches Handeln nicht neu bewerten zu müssen.
„Peter, Du hast mich gejagt, als ich Eure Regeln verletzt hatte, ich tat dies aber, um eigentlich etwas Positives gegen Verbrechen zu erreichen. Heute kennst Du mich und ich wage zu behaupten, dass wir Freunde geworden sind und Du siehst alles unter einem anderen Blickwinkel."
„Könntest Du Dir vorstellen, dass es eine höhere Moral als die der Justiz gibt?"
„Wie lebst Du mit dem Gedanken, dass die wahren Täter mit der weißen Weste frei herumlaufen und welche Lobby haben deren Opfer und vor allem ihre zukünftigen Opfer?"
„Hast Du darüber schon einmal nachgedacht?"
„Und wie sieht es mit den Hinterbliebenen der Erschossenen aus?"
warf Peter ein.
„Und welches Recht ihre Lebensumstände zu verteidigen wurde ihnen eingeräumt"
ergänzte er noch.

„Und wo war der Anwalt der Opfer der Erschossenen.?"
weigerte sich Ralf die Argumentation Peter's unhinterfragt stehen zu lassen.
„Lassen wir das Ralf.
„Ich bin mir ja selbst nicht mehr sicher, was ich denken soll? So eine Entwicklung des Sachverhalts hatte ich doch nicht erwartet. Nach den Aufnahmen werde ich Horn bitten, uns nach Hause zu begleiten und sich selbst den Behörden zu stellen",
raunte Peter zu Ralf,
„ich will eigentlich nichts mehr mit dieser Sache zu tun haben, allmählich wird mir nämlich mulmig bei allem, was mir so durch den Kopf geht."
„Du bist Dir also nicht mehr sicher, möchtest aber Deiner Lebensphilosophie treu bleiben und die Verantwortung abgeben",
deutete Ralf das Gesagte.
„Genau das", gab Peter zu.
Die Aufnahmen waren beendet und die Dämmerung senkte sich auf den See herab. Die Filmcrew baute ab und Peter bat Horn auf die andere Seite des Schiffs mit zu kommen, er habe ihm noch etwas mitzuteilen.
„Wer sind denn die?"
fragte Gerd, der Kameramann.
„Ein paar alte Bekannte aus besseren Tagen"
fing Horn die Situation ab.
Sie begaben sich nach Steuerbord Mittschiffs wo eine Kette den Ausgang versperrte. Peter stellte Horn ein Ultimatum. Er könne incognito mit ihnen zurück nach Deutschland, um sich dort zu stellen oder er würde jetzt sofort die Schweizer Behörden alarmieren und ihn auf seine Weise arrestieren lassen.
„Und wenn ich weder noch akzeptiere",

schmunzelte Horn und trat einen Schritt zurück.
„Es gibt keine andere Wahl",
wurde Wilks nun massiver. Es schien so als proviziere ihn diese Art der Entgegnung und er trat einen Schritt auf Horn zu. Dieser packte ihn am Revers und fragte:
"wollen sie mir Angst machen?"
Peter stieß ihn brüsk zurück, worauf Horn am Süllrand mit den Fersen hängenblieb und mit dem Oberkörper das Übergewicht nach Außenbord bekam. Er stürzte über Bord und Peter, der ihn noch halten gewollt hatte, griff ins Leere
Ralf schrie
„Mann über Bord" und obwohl die Brücke sofort reagierte vergingen noch ca. 60 Sekunden, bis das große Boot stoppte. Man hatte Rettungsringe ausgeworfen, als man die Stelle des Unglücks allerdings erreichte fand man dort niemanden. Die Wasserschutzpolizei wurde herbeigerufen, nach einer halben Stunde aber war der See in völlige Dunkelheit getaucht und nach einer weiteren Stunde, in der mittels Scheinwerfern gesucht wurde gab man auf, um am nächsten Morgen die Aktion fortzusetzen. Die Visagistin hatte einen Schock erlitten und war ins Krankenhaus eingeliefert worden, der Rest des Teams verbrachte eine von Unverständnis und Hoffnung geprägte lange Nacht. Die ermittelnden Beamten hatten wenig Zuversicht in dem 9 Grad warmen oder besser gesagt kalten Wasser noch einen lebenden Horn zu finden.
Ralf und Peter waren völlig ratlos. Nach dem Verhör, in dem sie angaben, Horn in der Vergangenheit häufiger mit Informationen versehen zu haben, wurden sie entlassen mit der glaubhaften Aussage, dass es sich um ein schreckliches Unglück handelte. Sie begaben sich ins

Hotel und keiner von beiden hatte das Bedürfnis etwas zu sagen.

Kapitel 60 „**Liebe und die Gerechtigkeit**"

Peter rollte auf die Seite. Angie tastete mit ihrer rechten Hand nach seiner feuchten, halb erschlafften Männlichkeit und rutschte mit ihrem Kopf zwischen seine Beine.
„So einfach kommst Du mir nicht davon",
sagte sie zärtlich und ihre Zungenspitze arbeitete bereits daran, die alte Pracht wieder herzustellen.
„Angie, ich kann nicht mehr".
„Alle guten Dinge sind doch drei, oder"
erwiderte er neckisch und wir sollten uns noch etwas für den Nachmittag aufheben.
Es klingelte an der Türe und Angie sagte, die beleidigte spielend:
„Dann eben nicht, Schicksal nimm Deinen Lauf."
„Ja Hallo!",
hörte sie Peter in den Hörer des mit der Sprechanlage verbundenen Telefons sagen.
„Ach ihr seid`s , kommt rauf, ich mach euch auf:"
Angie´s fragenden Blick beruhigte er sofort indem er Ralf und Sabrina als Unruhestifter preisgab.
Er zog den Bademantel über und öffnete die Türe.
„Nicht mal am Sonntag hat man vor euch seine Ruhe und kann sich den angenehmen Dingen des Lebens widmen",
eröffnete er lächelnd mit einem Augenzwinkern die vorwurfsvolle Begrüßung und um deutlich zu machen, wie er es verstanden haben wollte, fügte er noch hinzu:
„Ihr habt euch somit selbst zu einem gemeinsamen Frühstück eingeladen."
Angie kroch in ihren Bademantel, lächelte auch ein Hallo zu ihnen herüber, konnte sich aber auf dem Weg ins Bad nicht verkneifen zu Peter gewandt zu sagen:

"Da hast Du ja gerade noch einmal Glück gehabt, Du Schwächling",
dabei streifte sie ihre zerzauste Lockenmähne von vorn mit der Rechten über den Kopf nach hinten und schloss eine eventuelle Erwiderung nicht abwartend rasch die Badezimmertüre. Von drinnen rief sie den Anwesenden dann zu:
„Ich bin gleich fertig, setzt doch schon einmal Kaffee auf!"
Schließlich saßen sie bei Tisch und Ralf sagte irgendwann fast beiläufig:
"Ach ja, vorgestern wurde in Madeira der Chef eines internationalen Anlagekonsortiums umgebracht".
Peter blickte ihn interessiert fordernd nach weiteren Details an.
„Du weißt doch, dass ich seit einem Monat nur noch Teilzeit arbeite weil, ich mich für ein Leben mit Angie entschieden habe."
„Michael Horn hat in meinem Leben irgendwie etwas verändert?"
„Also erzähl, ich bin nicht mehr so ganz täglich auf dem Laufenden!"
„Oh, kann man also feststellen, dass Du allmählich erkannt hast, was im Leben außer dem Job noch wichtig ist" ergänzte Sabrina spitz."
„Lasst das doch, oder muss ich auf Ewig meine Denkweise in der Vergangenheit bei meinen Freunden Rechtfertigen?"
„Du hast recht", meinte Ralf einlenkend.
„Gut, spann mich nicht auf die Folter!"
„Was meinst Du damit, Peter?",
spielte Ralf den Unbedarften, wohl wissend, was Peter wollte.

„Wie?"
„Wie ist er getötet worden?"
„Schuss ins Herz",
antwortete Ralf.
„Meinst Du",
Peter machte eine Pause,
„er lebt noch?"
„Wer ?",
spielte Ralf weiter den Ahnungslosen
„Unser über Bord gegangener Kampfschwimmer!",
grummelte Peter unwillig, dem dieses Spielchen sichtlich auf die Nerven ging.
„Ich weiß es nicht?",
gab Ralf zu.
„Was gibt`s über das Opfer?,
wollte Peter nun wissen.
„Mehrere Anleger, die bei dubiosen Anlage-und Schneeballgeschäften ihr Hab und Gut verloren, haben sich wohl umgebracht",
beantwortete Ralf die Frage, in der Annahme, dass dies der Sachverhalt war, der Peter hinter den Kulissen interessierte.
„Und jetzt, was meinst Du soll ich tun?",
wollte er etwas hilflos von Ralf wissen.
„Nichts, antwortete Ralf."
„Du bist doch verrückt, ich muss mich darum kümmern, wenn ich einen konkreten Verdacht habe",
ließ Peter die Runde wissen.
„Deshalb stören wir Euch ja am Sonntag",
hob Ralf erneut an.
„Mir ist da was ganz Dummes passiert".
„Ich habe Deine Workstation gehackt, um an weitere interessante Details heranzukommen."

„Übrigens",
sagte er an Angelika gewandt,
„er liebt Dich wirklich, das Passwort war nämlich ´Angie`"
Dann führte er fort:
„und dabei ist mir ein dummer Anfängerfehler unterlaufen, denn ich habe versehentlich alle Deine Dateien, die sich mit unserem Fall befassten gelöscht."
„Sei mir nicht böse,"
er grinste dabei,
„aber dämlich wie ich bin wollte ich dann bei mir zu Hause eine Kopie meiner Dateien für Dich anfertigen und dabei war ich so aufgeregt, dass mir Idiot doch tatsächlich der gleiche Fehler nochmals unterlaufen ist".
„Kannst Du Dir vorstellen, wie ich mich fühlte, als ich diese Schreckensmeldung: FILES DELETED"[1] las?"
Angie und Sabrina sahen nun Peter ins Gesicht und warteten gespannt auf seine Reaktion. Nach einigen Sekunden legte Peter sich entspannt zurück, verschränkte die Arme hinter seinem Kopf und grinste als er sagte:

"Tja, so ein Pech"!

---

[1] Dateien: gelöscht

Nachwort

Haben Sie es gemerkt?
Nein?

Lieber Leser, Liebe Leserin!

Ich habe diesen Roman bereits 1996 geschrieben.
Die Fußnoten hätten ein Indiz sein können. DM wurde durch € ersetzt..
Pinkfarbene 1,44MB Disketten sind von USB-Sticks und der Cloud abgelöst worden.
Und dennoch bin ich der Überzeugung, damals schon die kommenden Trends antizipiert zu haben. Computerspiele, Schwarmintelligenz, Profiling u.a. mehr. Gedacht auch als Plot für eine gute Kinoadaption.
Agenten und Produzenten setzen aber eher auf PR inszenierte Stars, teuer in den Medien aufgebaut. Newcomer ohne Beziehungen ins „Verlags-Gewerbe" müssen da viel mehr, weil allein, leisten, um Türen zu öffnen bzw. nicht ungelesen unter Floskeln abgelehnt zu werden.
Fast alle Stars haben eine gute Legende, waren selbst bei Verlagen oder Werbeagenturen beschäftigt, sind Journalisten, arbeitslose Lektorinnen oder vielfach bekannte Redakteure. Vielleicht hat die Branche die Entwicklung verschlafen und Agenten den Mut verloren?

Es geht auch anders, denke ich!

...empfehlen Sie mein Buch und

Danke für´s Lesen!

©Copyright:
Dieter Mindt

Der Roman ist in jeder Form (Skript, Dateien etc.) urheberrechtlich geschützt!
Jegliches Vervielfältigen, Kopieren, elektkronisches Publizieren oder Übertragen auf Computermedien und Druckmedien sowie deren Veröffentlichung als Ganzes oder in Auszügen ist nicht gestattet und bedarf in jedem Fall der vorherigen schriftlichen Erlaubnis des o.g. Autors.
Alle gegenwärtigen und zukünftigen Film - und/oder Verfilmungsrechte, Theater-Aufführungsrechte, Aufführungsrechte allgemein, Drehbuchrechte sowie die Adaption als Ganzes oder in Auszügen/Teilen sind urheberrechtlich ebenfalls geschützt und bedürfen vorher der schriftlichen Genehmigung des Autors.
Alle Fernseh- und Ausstrahlungsrechte liegen beim Autor.

Das © Copyright und die Rechte nimmt der o.g. Autor weltweit für sich in Anspruch.
Dies gilt auch für die Übertragung in andere Sprachen und Veröffentlichungen jedweder Art als Ganzes oder in Teilen in anderen Ländern.

231

D.G. Mindt

Der Autor ist Jahrgang 1954,

verheiratet in zweiter Ehe und Familienvater.

Er ist u.a. Kaufmann Groß-und Außenhandel, Reallehrer Deutsch und Sport und ex Flugkapitän der ex Air Berlin.

Er hat die 60iger des Aufbruchs, die 70iger der guten Stimmung, die 80iger der Zuversicht, die 90iger des Wohlstands, den Zenith der 2000er, die Zerbrechlichkeit von den 2010ern erlebt und erwartet nicht allzu viel von den 2020igern!

Seine Mutter, eine rheinländische Frohnatur, verstarb früh.

Sein Vater zog mit 16 in den 2. Weltkrieg, geriet in Russland in Gefangenschaft und musste sich gegen Ende der 40iger durch die 50iger und 60iger eine Nachkriegs-Existenz als Elektroniker an der Universität aufbauen, außerhalb Ostpreußens. Geprägt von den schlimmen Eindrücken jener Zeit zeigte sich eine tiefe kritische Zerrissenheit im Denken seines Vaters im Vertrauen auf das Leben aus.

Der Autor selbst, oder einfach gesprochen "ich" habe diese analytisch-philosophisch, oftmals von zynischer Ironie geprägte Denkweise abzulehnen und gleichzeitig zu schätzen gelernt. Es ist dies verbunden mit dem "Fluch" des ständigen Hinterfragens nach Sinn, Ursache, möglichen Folgen, Alternativen sowohl bei alltäglichen Gegebenheiten als auch bei philosophischem Gedankengut.

Trotz allem bin ich dankbar für diese Prägung, erlaubt sie meiner Meinung nach die Amplituden des Lebens voll auszuschöpfen.

Ihr

D. Mindt

Werke:

D.G.Mindt

-

„Der Lack ist ab" (Pilot nein Danke)

ISBN 978-3-7407-4999-6

„Väter und Söhne"

ISBN 978-3-7407-5088-6